U0080581

學完五十音之後，
用十堂課打好文法基礎，
展開日文之路！

QRcode
日師親錄日語

因手機系統不同，音檔建議直接下載至電腦

はじめに 作者序

　　你動了幾次想學日文的念頭呢？常常學了一陣子就默默放棄嗎？對於華語圈的你們來說，日文其實是所有外語中最容易學習的語言哦！因為日文裡有大家看起來非常有親切感的漢字，加上有些音跟中文也很類似，那為什麼大家一直學不好呢？其實學習一個新的語言固然不易，但是只要找對方法，打好文法基礎，那麼說一口流利的日文只是時間早晚的問題囉！

　　很多人五十音學完之後，實在很想繼續往下一步邁進！但是，好像不管看什麼文法書都看不下去……好不容易看下去之後，也不知道自己理解對了沒，又騰不出時間去上補習班……大家是否有類似上述這些情況或心情呢？

　　我聽到大家的心聲了！本書根據不同情境，專門為你量身打造了10堂日語精華課程，獻給學完五十音的你。每一個基礎文型學習都貼近日常生活，也幫大家整理出可以立即套入文型的實用單字，再附上課後的小挑戰，以便可以即時掌握自己學習的情況。除此之外，本書的每一課都有拍攝教學影片，搭配課本事半功倍，影片中幫你整理每一課的重點，真人親授獨家

發音小秘訣，幫助你學習如何唸出最正統的日文句子！最後還會分享有趣的記憶方式，讓你隨時隨地都可以輕輕鬆鬆享受你的專屬日文課！

學習完這十堂必備基礎課程後，緊接著你可以翻到後面的旅遊萬用句，多多練習口說，不只日後在日本旅遊可以派上用場，當你追日劇時，裡頭的台詞，也會更有感覺！還能跟著片尾曲一起唱呢！

現在就打開這本書，你的專屬日文老師就在你的身邊，同步更新你的日文學習力！

もくじ 目錄

Part 3 日本旅遊萬用句

Part **1**

五十音大挑戰

五十音大挑戰

　　拿起這本書的你，相信已經學過了五十音，想要再更進一步成為日文高手了！但是在更上一層樓之前，回想一下：你把五十音的平假名和片假名都記住了嗎？試試看，下面是一些容易記錯的字，看看你是否都分清楚了呢？

圈出正確的字

　　日文中有些字就像雙胞胎一樣，很容易會搞不清楚誰是誰，所以要睜大眼睛看清楚喔！不過，只要認清楚這些易混淆的字，你就可以輕輕鬆鬆地唸好五十音囉！下面每一題中都有兩個長得好像的字。究竟哪一個字才和題目中的羅馬拼音發音相同呢？請把它圈出來吧！

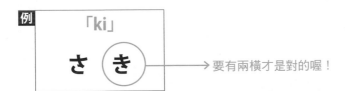

例	「ki」
さ **き**	→ 要有兩橫才是對的喔！

01 「i」	02 「re」	03 「nu」
い　　り	れ　　わ	ね　　ぬ
04 「o」	05 「ha」	06 「so」
あ　　お	は　　ほ	ソ　　ン

07 「yu」	08 「su」	09 「shi」
ヨ ユ	ス ケ	ツ シ
10 「ra」	11 「ne」	12 「ko」
ラ テ	ね わ	エ コ
13 「fu」	14 「mi」	15 「ya」
ヲ フ	み む	や は
16 「chi」	17 「e」	18 「mu」
つ ち	エ ア	ム セ
19 「to」	20 「ro」	21 「gu」
も と	る ろ	グ ギ
22 「ba」	23 「de」	24 「pi」
ぼ ば	づ で	ぴ ぺ
25 「ze」	26 「cho」	27 「myu」
ゼ ザ	ちょ じょ	ヒュ ミュ
28 「nya」	29 「gyo」	30 「pya」
にゃ りょ	びょ ぎょ	キャ ピャ

劃掉不屬該行的字

　　五十音每行有五個字，分別是由五個母音和一個子音搭配而成的，現在卻多了一個字，你能抓出多出來的字嗎？

例	あ	え	う	い	~~け~~	お

01 さ　う　そ　し　せ　す

02 は　へ　ひ　ふ　ほ　て

03 れ　か　こ　く　き　け

04 た　て　ま　と　ち　つ

05 な　に　ね　ら　ぬ　の

06 ア　イ　エ　キ　オ　ウ

07 ラ　リ　ト　レ　ロ　ル

08 サ　ン　ソ　シ　ス　セ

09	ハ	ツ	フ	ヘ	ヒ	ホ
10	カ	ケ	キ	ノ	ク	コ
11	ま	む	め	ね	も	み
12	タ	シ	テ	ト	チ	ツ
13	マ	メ	ミ	ナ	モ	ム
14	ナ	ニ	テ	ノ	ネ	ヌ
15	げ	だ	づ	ど	で	ぢ
16	が	ぐ	ぎ	べ	ご	げ
17	ば	で	ぼ	ぶ	べ	び
18	ダ	ヅ	デ	ヂ	ゾ	ド
19	ざ	じ	ぜ	ぞ	ぢ	ず
20	ガ	ゲ	ゴ	ジ	グ	ギ

　　平假名、片假名明明都分別背起來了，但有時候卻怎麼都無法結合起來？快來用這裡的對應填填看測驗，把片假名的代號填入平假名下方的格子裡，檢測一下你的平假名、片假名對應能力！

つ	よ	ん	し	ほ	わ
さ	そ	ね	け	ふ	う

A	B	C	D	E	F
フ	ケ	ソ	ネ	ツ	ン
G	**H**	**I**	**J**	**K**	**L**
ウ	シ	ホ	ワ	サ	ヨ

五十音填空練習

　　既然順利把五十音通通背起來了，就一起把五十音表完成吧！請分別將缺漏的平假名與片假名填入空格中。

◆ 平假名練習

あ		さ				ま	や			
a	ka	sa	ta	na	ha	ma	ya	ra	wa	n
		し		に	ひ			り		
i	ki	shi	chi	ni	hi	mi		ri		
	く		っ					る		
u	ku	su	tsu	nu	fu	mu	yu	ru		
	け	せ	て	ね	へ	め				
e	ke	se	te	ne	he	me		re		
お	こ		と	の		も	よ			
o	ko	so	to	no	ho	mo	yo	ro	o	

◆ 片假名練習

	カ		タ	ナ	ハ			ラ	ワ	
a	ka	sa	ta	na	ha	ma	ya	ra	**wa**	n
	キ		チ			ミ				
i	ki	shi	chi	ni	hi	mi		ri		
ウ		ス		ヌ	フ	ム	ユ			
u	ku	su	tsu	nu	fu	**mu**	yu	ru		
エ								レ		
e	ke	se	te	ne	he	me		re		
		ソ			ホ			ロ	ヲ	
o	ko	so	to	no	ho	mo	yo	ro	o	

圈出正確的字

01「i」 い **り**	**02**「re」 **れ** わ	**03**「nu」 ね **ぬ**
04「o」 あ **お**	**05**「ha」 **は** ほ	**06**「so」 **ソ** ン
07「yu」 ヨ **ユ**	**08**「su」 **ス** ケ	**09**「shi」 ツ **シ**
10「ra」 **ラ** テ	**11**「ne」 **ね** わ	**12**「ko」 エ **コ**
13「fu」 ヲ **フ**	**14**「mi」 **み** む	**15**「ya」 **や** は
16「chi」 つ **ち**	**17**「e」 **エ** ア	**18**「mu」 **ム** セ
19「to」 も **と**	**20**「ro」 る **ろ**	**21**「gu」 **グ** ギ
22「ba」 ぼ **ば**	**23**「de」 づ **で**	**24**「pi」 **ぴ** ペ
25「ze」 **ゼ** ザ	**26**「cho」 **ちょ** じょ	**27**「myu」 ヒュ **ミュ**
28「nya」 **にゃ** りょ	**29**「gyo」 びょ **ぎょ**	**30**「pya」 キャ **ピャ**

劃掉不屬該行的字

01	さ	~~そ~~	そ	し	せ	す
02	は	へ	ひ	ふ	ほ	~~て~~
03	~~れ~~	か	こ	く	き	け
04	た	て	~~ま~~	と	ち	つ
05	な	に	ね	~~ら~~	ぬ	の
06	ア	イ	エ	~~キ~~	オ	ウ
07	ラ	リ	~~ネ~~	レ	ロ	ル
08	サ	~~ン~~	ソ	シ	ス	セ
09	ハ	~~ツ~~	フ	へ	ヒ	ホ
10	カ	ケ	キ	~~メ~~	ク	コ
11	ま	む	め	~~ね~~	も	み
12	タ	~~ミ~~	テ	ト	チ	ツ
13	マ	メ	ミ	~~ホ~~	モ	ム
14	ナ	ニ	~~ヌ~~	ノ	ネ	ヌ
15	~~は~~	だ	づ	ど	で	ぢ
16	が	ぐ	ぎ	~~げ~~	ご	げ
17	ば	~~で~~	ぼ	ぶ	べ	び
18	ダ	ツ	デ	ヂ	~~メ~~	ド
19	ざ	じ	ぜ	ぞ	~~ぢ~~	ず
20	ガ	ゲ	ゴ	~~ジ~~	グ	ギ

つ	よ	ん	し	ほ	わ
E ツ	L ヨ	F ン	H シ	I ホ	J ワ
さ	そ	ね	け	ふ	う
K サ	C ソ	D ネ	B ケ	A フ	G ウ

五十音填空練習

◆ 平假名練習

あ	か	さ	た	な	は	ま	や	ら	わ	ん
a	ka	sa	ta	na	ha	ma	ya	ra	wa	n
い	き	し	ち	に	ひ	み		り		
i	ki	shi	chi	ni	hi	mi		ri		
う	く	す	つ	ぬ	ふ	む	ゆ	る		
u	ku	su	tsu	nu	fu	mu	yu	ru		
え	け	せ	て	ね	へ	め		れ		
e	ke	se	te	ne	he	me		re		
お	こ	そ	と	の	ほ	も	よ	ろ	を	
o	ko	so	to	no	ho	mo	yo	ro	o	

◆ 片假名練習

ア	カ	サ	タ	ナ	ハ	マ	ヤ	ラ	ワ	ン
a	ka	sa	ta	na	ha	ma	ya	ra	wa	n
イ	キ	シ	チ	ニ	ヒ	ミ		リ		
i	ki	shi	chi	ni	hi	mi		ri		
ウ	ク	ス	ツ	ヌ	フ	ム	ユ	ル		
u	ku	su	tsu	nu	fu	mu	yu	ru		
エ	ケ	セ	テ	ネ	ヘ	メ		レ		
e	ke	se	te	ne	he	me		re		
オ	コ	ソ	ト	ノ	ホ	モ	ヨ	ロ	ヲ	
o	ko	so	to	no	ho	mo	yo	ro	o	

ノート

Part 2

初學日文文法
十堂課

老師親自授課，
QRcode隨掃隨學！

Lesson **1**

A は B です。

學習重點 超簡單日文自我介紹

無論學哪一門語言，自我介紹都會是第一道關卡。在日文中，要自我介紹就有一個不得不學的基本句型，而這個基本句型，除了自我介紹外，也有很多衍伸用法喔！

肯定句 【句型： A は B です。】

這個句子是日文的肯定句，也就是「A是B」的意思。如果要用這個句型來秀一段自我介紹，只要在前面加上一句「はじめまして」（初次見面），最後再加上「どうぞよろしくお願いします」（請多多指教），這樣就完成了和日本人交朋友的第一步了！既有禮貌又完整哦！

・わたし は ショウ です。	▶我姓蔣。
・わたし は 獅子座 です。	▶我是獅子座。
・わたし は B型 です。	▶我是B型。
・わたし は 先生 です。	▶我是老師。
・わたし は 台湾人 です。	▶我是台灣人。
・わたし は 台北出身 です。	▶我是台北人。
・わたし は 二十歳 です。	▶我20歲。
・わたし は 独身 です。	▶我單身。
・わたし は 楽天家 です。	▶我是樂觀主義者。

疑問句 【句型： A は B ですか。】

　　學完了日文的肯定句之後，那如果你心中有疑問想問別人，該怎麼辦呢？其實很簡單哦！只要將わたし（我）改為あなた（你），並將肯定句的句尾加一個「か」就大功告成囉！

・あなた	は	獅子座（ししざ）ですか。	▶你是獅子座嗎？
・あなた	は	B型（ビーがた）ですか。	▶你是B型嗎？
・あなた	は	先生（せんせい）ですか。	▶你是老師嗎？
・あなた	は	台湾人（たいわんじん）ですか。	▶你是台灣人嗎？
・あなた	は	台北出身（たいぺいしゅっしん）ですか。	▶你是台北人嗎？
・あなた	は	二十歳（はたち）ですか。	▶你20歲嗎？
・あなた	は	独身（どくしん）ですか。	▶你單身嗎？
・あなた	は	楽天家（らくてんか）ですか。	▶你是樂觀主義者嗎？

否定句 【句型： A は B ですか。】
↓
ではありません

　　當遇到一個日文疑問句的時候，要回答「是」或「不是」所用的句型不同，回答是肯定時，要先說「はい」（是），再用肯定句句型回答，也就是把對方問句中的「か」去掉就好。答案是否定的時候，只要先說「いいえ」（不），再把對方問句句尾「ですか」改成「ではありません」（不是）就好囉！

　　但無論是回答肯定或否定，都要記得把對方問句中的「你」あなた改成「我」わたし哦！

- **はい、 わたし は 獅子座<ruby>獅<rt>し</rt></ruby>です。** ▶是，我是獅子座。
- **いいえ、 わたし は 獅子座ではありません。** ▶不，我不是獅子座。
- **いいえ、 わたし は 学生ではありません。** ▶不，我不是學生。

除了上面說的之外，偷偷告訴你一個祕密，其實你也可以用簡答的方式回答哦！

- **はい、そうです。** ▶是，沒錯。
- **いいえ、違います。** ▶不，錯了。

獨家小提醒

日文中表示年紀的方法，一般來說都是「～さい」，只有二十歲的講法不一樣，不是「～さい」，而是「はたち」哦！特別要小心的是，一些數字的唸法會改成促音哦！例如：「一歳」、「八歳」「十歳」。另外，さい的漢字除了寫成「歳」之外，也可以寫成「才」哦！

重點回顧

肯定句**句型：A は B です。**	▶A是B。
疑問句**句型：A は B ですか。**	▶A是B嗎？
否定句**句型：A は B ではありません。**	▶A不是B。

　　有沒有發現它們的差異呢？是不是在句子最後面才不一樣呢？日文句子的特色就是「一定要看到最後，才能了解真正的意思」。所以，聽力練習時也就會特別辛苦，記得一定要聽到最後一刻哦！

單字補充站

下列這些單字都是非常實用的單字，背起來絕對不吃虧！

 人稱

- 私⓪ 我
- あなた② 你
- 彼① 他、男朋友
- 彼女① 她、女朋友
- お母さん② 媽媽
- お父さん② 爸爸
- おばあさん② 奶奶、外婆
- おじいさん② 爺爺、外公
- おばさん⓪ 阿姨、姑姑等
- おじさん⓪ 伯父、叔叔、舅舅等
- 姉⓪ 我姊姊
- 兄① 我哥哥
- 弟④ 我弟弟
- 妹④ 我妹妹
- 友達⓪ 朋友
- 私たち③ 我們
- 父② 家父
- 母① 家母
- 妻① 妻子
- 夫⓪ 丈夫

星座（星座）　重音都是回哦！

• **山羊座**（やぎざ）　魔羯座	• **水瓶座**（みずがめざ）　水瓶座	• **魚座**（うおざ）　雙魚座
• **牡羊座**（おひつじざ）　牡羊座	• **牡牛座**（おうしざ）　金牛座	• **双子座**（ふたござ）　雙子座
• **蟹座**（かにざ）　巨蟹座	• **獅子座**（ししざ）　獅子座	• **乙女座**（おとめざ）　處女座
• **天秤座**（てんびんざ）　天秤座	• **蠍座**（さそりざ）　天蠍座	• **射手座**（いてざ）　射手座

血型（血液型）（けつえきがた）　重音都是回哦！

• **B型**（ビーがた）	• **A型**（エーがた）	• **O型**（オーがた）	• **AB型**（エービーがた）

職業（職業）（しょくぎょう）

• **警察官**（けいさつかん）4	警察	• **学生**（がくせい）0	學生
• **先生**（せんせい）3	老師	• **看護士/看護婦**（かんごし/かんごふ）3	男/女護理師
• **公務員**（こうむいん）3	公務員	• **消防士**（しょうぼうし）3	消防員
• **エンジニア**3	工程師	• **弁護士**（べんごし）3	律師
• **作家**（さっか）0	作家	• **運転手**（うんてんしゅ）3	司機
• **会社員**（かいしゃいん）3	公司員工	• **医者**（いしゃ）0	醫生

獨家小提醒

其實日本人很少用到你（あなた）這個稱謂，通常會直接叫對方的名字，這樣會比較有禮貌哦！另外，對別人後面要加「さん」例如：小池さん（小池先生），對自己不能加「さん」哦！所以，當小池要介紹自己時，會說「私は小池です。」而不能說「私は小池さんです。」

チャレンジ
挑戰時刻

一、造句練習，試試看用下列句子自我介紹吧！

はじめまして。（初次見面。）

わたし　は ＿＿＿＿＿＿＿＿＿＿＿＿＿＿＿＿ です。

わたし　は ＿＿＿＿＿＿＿＿＿＿＿＿＿＿＿＿ です。

わたし　は ＿＿＿＿＿＿＿＿＿＿＿＿＿＿＿＿ です。

わたし　は ＿＿＿＿＿＿＿＿＿＿＿＿＿＿＿＿ です。

わたし　は ＿＿＿＿＿＿＿＿＿＿＿＿＿＿＿＿ です。

わたし　は ＿＿＿＿＿＿＿＿＿＿＿＿＿＿＿＿ です。

どうぞよろしくお願いします。（請多多指教。）

二、翻譯練習，將下列句子翻成日文吧！

01 你是學生嗎？

＿＿＿＿＿＿＿＿＿＿＿＿＿＿＿＿＿＿＿＿＿＿＿＿＿＿

02 你是雙魚座嗎？

＿＿＿＿＿＿＿＿＿＿＿＿＿＿＿＿＿＿＿＿＿＿＿＿＿＿

03 你是O型嗎？

＿＿＿＿＿＿＿＿＿＿＿＿＿＿＿＿＿＿＿＿＿＿＿＿＿＿

04 你是醫生嗎？

＿＿＿＿＿＿＿＿＿＿＿＿＿＿＿＿＿＿＿＿＿＿＿＿＿＿

05 你是台灣人嗎？

....

06 你是台北人嗎？

....

三、聽寫練習，將你聽到的句子寫下來吧！ 🔊 Track 001

就算沒有辦法整句完整地寫出來，也可以先試聽看看自己有沒有辦法抓到句子的意思喔！

01

....

02

....

03

....

04

....

05

....

06

....

07

答え
解答看這裡

一、造句練習（以下為舉例，可以自由發揮喔！）

• わたしはショウです。⇨我姓蔣。
• わたしは作家です。⇨我是作家。
• わたしは学生です。⇨我是學生。
• わたしは台湾人です。⇨我是台灣人。
• わたしは乙女座です。⇨我是處女座。
• わたしは二十歳です。⇨我20歲。

二、翻譯練習

01 あなたは学生ですか。　　　**04** あなたは医者ですか。

02 あなたは魚座ですか。　　　**05** あなたは台湾人ですか。

03 あなたはO型ですか。　　　**06** あなたは台北出身ですか。

三、聽寫練習

01 あなたは医者ですか。⇨ 你是醫生嗎？

02 お父さんは魚座です。⇨ 爸爸是雙魚座。

03 私は看護婦ではありません。⇨ 我不是護理師。

04 お母さんは歌手です。⇨ 媽媽是歌手。

05 彼は運転手ですか。⇨ 他是司機嗎？

06 彼女は学生ではありません。⇨ 她不是學生。

07 夫は作家です。⇨ 丈夫是作家。

老師親自授課，
QRcode隨掃隨學！

Lesson 2

これは東西名稱です。

學習重點 日文指示代名詞一看就懂

接下來要介紹中文常說的「這個、那個」，日文和中文有些不太一樣的地方，大家要小心它們的用法哦！這三個詞都是指定東西的代名詞，「これ」是「這個」的意思，「それ」、「あれ」都是「那個」的意思。那麼這三個很容易搞混的詞用法有什麼差別呢？我們先兩個兩個來比較！

比較句子 【比較：これ V.S. それ 】

これ和それ就像中文的「這個」和「那個」一樣。靠近自己或在自己手上的東西，我們都會說「這個」吧？用日文就是說「これ」！靠近別人或在別人手上的東西，我們都會說「那個」，也就是「それ」。

還記得我們前面提過的「句型：A は B です。」嗎？這裡的句型只要將 A 的部分，換成「これ」、「それ」，再將 B 換成你想指定的東西名稱就可以了。

基本句型1

【 句型：これ
それ — は 東西名稱 です。】

・これ　は　本です。　　　　　　　　▶這是書。

・これ　は　かばんです。　　　　　　▶這是包包。

・これ　は　メニューです。　　　　　▶這是菜單。

・それ　は　雑誌です。　　　　　　　▶那是雜誌。

・それ　は　傘です。　　　　　　　　▶那是雨傘。

單字補充站

好用名詞

・りんご ⓪　蘋果	・流れ星 ③　流星	・中国語 ⓪　中文
・本 ①　書本	・写真 ⓪　攝影	・雑誌 ⓪　雜誌
・メニュー ①　菜單	・ファッション ①　流行	・かばん ⓪　包包
・旅行 ⓪　旅遊	・傘 ①　雨傘	・料理 ①　料理
・ノート ①　筆記本	・辞書 ①　字典	・消しゴム ⓪　橡皮擦
・財布 ⓪　錢包	・修正テープ ⑤　立可帶	・セロテープ ③　透明膠帶
・マスキングテープ ⑥　紙膠帶	・はさみ ③　剪刀	・カッター ①　刀片
・クラウン ②　皇冠	・ドリンク ②　飲料	・いちご ⓪　草莓
・鉛筆 ⓪　鉛筆	・ボールペン ⓪　原子筆	・万年筆 ③　鋼筆

接下來我們再用圖畫的方式，讓大家更明白「これ」、「それ」的分別。請看下面這張圖，配合這段對話：

・B：それ　は　何 ですか。	▶那個是什麼？
・A：これ　は　りんご　です。	▶這個是蘋果。
・A：それ　は　何 ですか。	▶那個是什麼？
・B：これ　は　クラウン　です。	▶這個是皇冠。

在這段對話中，因為B想問的「那個」不是自己手上的東西，所以要用「それ」。而A要說的蘋果是拿在他自己手上的，就要用「これ」，反之亦然。

比較句子 【比較：あれ　V.S.　これ 】

那麼如果東西沒有靠近任何人或在任何人手上怎麼辦呢？東西如果離兩人都近的時候，我們也會說「這個」，用日文來說就是「これ」。

如果離兩人都很遙遠的時候，「あれ」就派上用場了。「あれ」雖然和「それ」一樣都是不在自己手上的東西，但「あれ」講的是離對話的兩人都很遠的東西，「それ」講的是靠近別人或別人拿在手上的東西，要分清楚喔！

基本句型2

【 句型：これ─は 東西名稱 です。】
あれ

・あれ　は　りんごです。	▶那是蘋果。
・あれ　は　消しゴムです。	▶那是橡皮擦。
・これ　は　雑誌です。	▶這是雜誌。
・これ　は　カッターです。	▶這是刀片。

請配合這兩張圖，看看這段對話：

01 ・A：これは何ですか。　　　　　▶A：這是什麼？

　　・B：これはりんごです。　　　　▶B：這是蘋果。

02 ・A：あれは何ですか。　　　　　▶A：那是什麼？

　　・B：あれはりんごです。　　　　▶B：那是蘋果。

在 **01** 我們可以看到A和B講的是在他們身邊、兩個人都沒有拿著的蘋果。因為距離兩個人都很近，所以他們用「これ」。

在 **02** 中，A和B講的是離他們很遠的蘋果樹上的蘋果。因為距離兩人都很遠，所以他們用「あれ」。

重點回顧

【 句型：これ
　　　　 それ ── は　東西名稱　です。
　　　　 あれ 】

　　　記住了嗎？分辨「これ」和「それ」最好的方法，就是東西靠近自己或在自己的手上用これ，東西靠近對方或在對方的手上時用それ。而分辨「これ」和「あれ」最好的方法，就是如果東西離雙方都近則用これ，東西離雙方都遠則用あれ。

基本句型3

【 句型：　これ　は　＿＿＿　の　東西名稱　です。　】

◆ 情況1：當你想說明東西的種類時……

・これは<ruby>日本語<rt>にほんご</rt></ruby>の<ruby>本<rt>ほん</rt></ruby>です。 　　　　名詞　　名詞	▶這是日文書。
・これは<ruby>料理<rt>りょうり</rt></ruby>の<ruby>雑誌<rt>ざっし</rt></ruby>です。	▶這是料理雜誌。
・これは<ruby>旅行<rt>りょこう</rt></ruby>のアルバムです。	▶這是旅行相簿。
・これは<ruby>日本語<rt>にほんご</rt></ruby>の<ruby>辞書<rt>じしょ</rt></ruby>です。	▶這是日文字典。

- **これはドリンクのメニューです。**　　▶這是飲料菜單。
- **これは中国語の本です。**　　▶這是中文書。

　　那麼當你看到一個東西，想更了解它的類型時，疑問句該怎麼問呢？我們可以用以下的句型。

疑問句

【句型：これ　は　何の 東西名稱 ですか。】

- **これは何の本ですか。**
  名詞　　　　　　　　　　▶這是什麼類型的書呢？
- **これは何の辞書ですか。**　　▶這是什麼字典呢？
- **これは何のアルバムですか。**　　▶這是什麼相簿呢？
- **これは何の雑誌ですか。**　　▶這是什麼雜誌呢？

◆ **情況2**：當你想說明東西是屬於某人時……

- **それは私の本です。**
  名詞　名詞　　　　　　　　▶那是我的書。
- **それは私の雑誌です。**　　▶那是我的雜誌。
- **それは私の辞書です。**　　▶那是我的字典。
- **それは私のかばんです。**　　▶那是我的包包。

當別人拿錯你的傘時，就可以拿來用了！記得大聲說出：「それは私の傘です。」（那是我的傘。）請搭配下面的圖，參考以下的對話：

- **A: それは私の傘です。** ▶那是我的傘。
- **B: あ、ごめんなさい。** ▶啊，對不起。

　　那麼當你撿到一個東西，不知道是誰的，該怎麼問呢？跟上面學到的疑問句很類似哦！只要將前面的「何の」改成「誰の」就可以囉！

疑問句

【句型： これ は 誰の 東西名稱 ですか。】

- **これは誰の本ですか。** ▶這是誰的書？
- **これは誰のかばんですか。** ▶這是誰的包包？

チャレンジ
挑戰時刻

一、下面的空格該填什麼呢？

Ａ：「＿＿＿＿＿＿＿＿は何ですか。」

Ｂ：「＿＿＿＿＿＿＿＿は流れ星です。」

二、下面的空格該填什麼呢？

田中さん：それは何ですか。

林さん：これはりんごです。

請問りんご在誰手上呢？＿＿＿＿＿＿＿＿＿＿＿＿＿＿＿＿＿＿＿＿

　　大家都學會了これ、それ、あれ的用法了嗎？我們接著下去練習囉！

三、翻譯練習（請將以下的句子翻譯成日文）

01 這是攝影書。

....

02 這是旅遊書。

....

03 這是日文雜誌。

....

04 這是中文菜單。

....

05 這是朋友的書。

....

06 這是老師的書。

....

07 這是我的傘。

....

08 這是他的原子筆。

....

09 那是朋友的包包。

10 這是我姊姊的筆記本。

11 那是哥哥的錢包。

12 這是老師的字典。

四、是非題（以下的句子是否正確呢？正確請打〇，錯誤請打×）

01 それは友達かばんです。（　　）

02 これは私の本です。（　　）

03 これは誰雑誌ですか。（　　）

04 それの先生本です。（　　）

05 これは料理の本です。（　　）

一、下面的空格該填什麼呢？

A：「　あれ　は何ですか。」

B：「　あれ　は流れ星です。」

二、下面的空格該填什麼呢？

請問りんご在誰手上呢？　林さん

三、翻譯練習（請將以下的句子翻譯成日文）

01 これは写真の本です。

02 これは旅行の本です。

03 これは日本語の雑誌です。

04 これは中国語のメニューです。

05 これは友達の本です。

06 これは先生の本です。

07 これは私の傘です。

08 これは彼のボールペンです。

09 それは友達のかばんです。

10 これは姉のノート。

11 それは兄の財布です。

12 これは先生の辞書です。

四、是非題（以下的句子是否正確呢？正確請打○，錯誤請打×）

01（X）

02（○）

03（X）

04（X）

05（○）

正確的説法應該是這樣才對喔！

01 それは友達のかばんです。

03 これは誰の雑誌ですか。

04 それは先生の本です。

老師親自授課，
QRcode隨掃隨學！

Lesson 3

これ/それ/あれ或人/事/物＋は＋形容詞＋です。

學習重點 日文形容詞超好用

我們之前已經學會了很基本的句型，像「這是什麼」，「那是什麼」等等。現在我們要學的是：如何在句子中加入個人情感呢？想描述你對某束西的感覺時，該如何表現呢？就讓我們繼續輕鬆愉快地學下去吧！

基本句型1

【**句型：これ／それ／あれ或人／事／物** ＋ **は** ＋ **形容詞＋です。**】

・これはかわいいです。	▶這個好可愛哦！
・それはきれいです。	▶那個好漂亮哦！
・あれは高いです。	▶那個好貴哦！

當然也可以把基本句型1的「これ」換成你喜歡的卡通人物或是你身邊的朋友哦！

・スティッチはかわいいです。	▶史迪奇好可愛哦！
・星の王子様はやさしいです。	▶小王子好溫柔哦！
・ちびまる子ちゃんは面白いです。	▶小丸子好有趣哦！

單字補充站

下列這些單字可能會在等一下用到，而且背起來也非常實用！

形容詞

• <ruby>暖<rt>あたた</rt></ruby>かい ④ 溫暖的	• <ruby>冷<rt>つめ</rt></ruby>たい ③ 冰的
• <ruby>暑<rt>あつ</rt></ruby>い ② 炎熱的	• <ruby>寒<rt>さむ</rt></ruby>い ② 寒冷的
• <ruby>遠<rt>とお</rt></ruby>い ⓪ 遙遠的	• <ruby>近<rt>ちか</rt></ruby>い ② 近的
• <ruby>狭<rt>せま</rt></ruby>い ② 狹窄的	• <ruby>広<rt>ひろ</rt></ruby>い ② 寬敞的
• にぎやか ② 熱鬧的	• <ruby>静<rt>しず</rt></ruby>か ① 安靜的
• <ruby>甘<rt>あま</rt></ruby>い ⓪ 天真的	• <ruby>腹黒<rt>はらぐろ</rt></ruby>い ④ 心機重的
• <ruby>美味<rt>おい</rt></ruby>しい ③ 好吃	• まずい ② 難吃的
• <ruby>大<rt>おお</rt></ruby>きい ③ 大的	• <ruby>小<rt>ちい</rt></ruby>さい ③ 小的
• かわいい ③ 可愛的	• こわい ② 可怕的
• いい ① 好的	• <ruby>悪<rt>わる</rt></ruby>い ② 壞的
• <ruby>気長<rt>きなが</rt></ruby>い ③ 有耐心的	• <ruby>気早<rt>きばや</rt></ruby>い ③ 急性子的
• <ruby>難<rt>むずか</rt></ruby>しい ④ 困難的	• やさしい ③ 溫柔的、容易的
• <ruby>低<rt>ひく</rt></ruby>い ② 低的、矮的	• <ruby>厳<rt>きび</rt></ruby>しい ③ 嚴格的
• <ruby>高<rt>たか</rt></ruby>い ② 高的、貴的	• <ruby>安<rt>やす</rt></ruby>い ② 便宜的
• <ruby>新<rt>あたら</rt></ruby>しい ④ 新的	• <ruby>古<rt>ふる</rt></ruby>い ② 舊的、古老的
• <ruby>明<rt>あか</rt></ruby>るい ③ 開朗的、明亮的	• <ruby>暗<rt>くら</rt></ruby>い ⓪ 暗的、黑暗的

- **すごい** [2]　厲害的
- **うるさい** [3]　嘈雜的
- **大人しい** [4]　成熟的
- **子どもっぽい** [5]　孩子氣的
- **速い** [2]　快的
- **遅い** [2]　慢的
- **面白い** [4]　有趣的
- **つまらない** [3]　無聊的
- **完璧** [0]　完美的
- **適当** [0]　隨性的
- **好き** [2]　喜歡的
- **嫌い** [0]　討厭的
- **有名** [0]　有名的
- **綺麗** [1]　漂亮的
- **便利** [1]　方便的
- **不便** [1]　不方便的

- **スティッチ** [2]　史迪奇
- **ハローキティ** [4]　Hello Kitty
- **オープンちゃん** [1]　OPEN小將
- **ミッキーマウス** [5]　米奇
- **リラックマ** [2]　懶懶熊
- **ちびまる子ちゃん** [3]　櫻桃小丸子
- **コナン** [1]　柯南
- **クレヨンしんちゃん** [5]　蠟筆小新
- **プーさん** [1]　小熊維尼
- **スヌーピー** [2]　Snoopy
- **ドラえもん** [4]　哆啦A夢
- **ワンピース** [3]　航海王

獨家小提醒

　　如果你想要更強調自己對一件事的感覺,那你可以怎麼說呢?像我們中文都會說「超可愛」、「超好吃」……等等不是嗎?日文也可以哦!只要在形容詞的前面加上「超」就OK囉!我們用下面的活動,來練習看看這種更口語的講法吧!

● **活動1:**

　　説説你的朋友吧!畫畫你最好的朋友,也用日文形容一下他吧!

● A:**友達はどんな人ですか。**	▶你朋友如何呢?
● B:**田中さんは超やさしいです。**	▶田中先生超級溫柔。
● **星野さんは超子供っぽいです。**	▶星野先生超級小孩子氣。
● **堂本さんは超大人しいです。**	▶堂本先生超級成熟。

畫畫你的朋友

基本句型2

【 句型：形容詞 ＋ 名詞 ＋ですね。

真是 ▢▢▢▢▢的▢ 呢！ 】

・かわいいかばん　です ね。	▶真是可愛的包包呢！
・大きい車　です ね。	▶真是好大的車子呢！
・にぎやかな町　です ね。	▶真是熱鬧的街道呢！
・広い部屋　です ね。	▶真是寬敞的房間呢！
・いい天気　です ね。	▶真是好棒的天氣呢！

獨家小提醒

日文的形容詞分成兩種哦！「い形容詞」「な形容詞」

い形容詞　字尾是「い」　　　　例 おいしい
な形容詞　字尾不是「い」　　　例 にぎやか

不過要注意有一些例外的單字哦！這些字雖然看起來好像是以「い」結尾的，但都是歸在「な形容詞」裡哦！一定要記清楚這些例外的字，才不會不小心用錯囉！

有名的	漂亮的	討厭的
有名	きれい	嫌い

那「い形容詞」和「な形容詞」用在句子裡有什麼差別呢？當形容詞的後面要加名詞的時候，「い形容詞」可以直接在後面加上名詞，但是「な形容詞」就必須加上「な」才可以哦！

・**おいしい　りんご**	▶好吃的蘋果 **い形容詞直接加「りんご」**
・**にぎやか　な　<ruby>町<rt>まち</rt></ruby>**	▶熱鬧的街道 **な形容詞要加「な」才能加「<ruby>町<rt>まち</rt></ruby>」**
・**<ruby>高<rt>たか</rt></ruby>いワイン**	▶昂貴的紅酒
・**<ruby>面白<rt>おもしろ</rt></ruby>い<ruby>映画<rt>えいが</rt></ruby>**	▶有趣的電影
・**<ruby>静<rt>しず</rt></ruby>かな<ruby>教室<rt>きょうしつ</rt></ruby>**	▶安靜的教室

單字補充站

好用名詞

・<ruby>海<rt>うみ</rt></ruby> 1 　海	・<ruby>山<rt>やま</rt></ruby> 2 　山	・<ruby>教室<rt>きょうしつ</rt></ruby> 0 　教室
・<ruby>町<rt>まち</rt></ruby> 2 　街道	・<ruby>花<rt>はな</rt></ruby> 2 　花	・<ruby>部屋<rt>へや</rt></ruby> 2 　房間
・ビル 1 　大樓	・ミルク 1 　牛奶	・<ruby>車<rt>くるま</rt></ruby> 0 　車子
・プレゼント 2 　禮物	・<ruby>映画<rt>えいが</rt></ruby> 0 　電影	・ワイン 1 　紅酒
・<ruby>人生<rt>じんせい</rt></ruby> 1 　人生	・ドラマ 1 　電視劇	・<ruby>国<rt>くに</rt></ruby> 0 　國家
・<ruby>歌手<rt>かしゅ</rt></ruby> 1 　歌手	・<ruby>手帳<rt>てちょう</rt></ruby> 0 　記事本	・<ruby>夢<rt>ゆめ</rt></ruby> 2 　夢想
・アニメ 1 　動畫	・ミルクティー 4 　奶茶	・<ruby>歌<rt>うた</rt></ruby> 2 　歌曲

チャレンジ 挑戰時刻

一、連連看

静か・

おいしい・　　　　　　　　　　・ い形容詞

有名・

嫌い・

かわいい・　　　　　　　　　　・ な形容詞

すごい・

にぎやか・

二、請寫出相反詞

例 寒い ⟷ あつい ・安い ⟷ 　　　　　・大きい ⟷

・広い ⟷ 　　　　　・まずい ⟷ 　　　　　・古い ⟷

・おもしろい ⟷ 　　　　・悪い ⟷ 　　　　　・静か ⟷

・低い ⟷ 　　　　　・暗い ⟷ 　　　　　・遅い ⟷

・大人しい ⟷ 　　　　・好き ⟷ 　　　　　・便利 ⟷

三、請替下列物品加上適當的形容詞

例 にぎやかな国　　・＿＿＿＿ワイン　・＿＿＿＿ミルク

・＿＿＿＿プレゼント　・＿＿＿＿映画　・＿＿＿＿車

・＿＿＿＿ビル　　・＿＿＿＿部屋　・＿＿＿＿海

・＿＿＿＿花　　・＿＿＿＿人生　・＿＿＿＿教室

・＿＿＿＿山　　・＿＿＿＿歌手　・＿＿＿＿先生

四、句子重組練習

01 おいしい　は　これ　です。

02 町　な　にぎやか　ですね。

03 は　ドラえもん　です　かわいい。

04 新しい　です　車　ね。

05 です　妹　大人しい　は。

---

06 部屋　は　です　広い　ね

五、日翻中

01 これは難しいです。

---

02 美味しいりんごですね。

---

03 それはこわいです。

---

04 いい天気ですね。

---

05 彼は子供っぽいです。

---

06 高いワインですね。

一、連連看

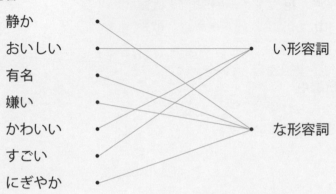

静か
おいしい
有名
嫌い
かわいい
すごい
にぎやか

い形容詞

な形容詞

二、請寫出相反詞

- 安い ⟷ 高い
- 広い ⟷ 狭い
- 古い ⟷ 新しい
- 悪い ⟷ いい
- 低い ⟷ 高い
- 遅い ⟷ 速い
- 好き ⟷ 嫌い

- 大きい ⟷ 小さい
- まずい ⟷ 美味しい
- おもしろい ⟷ つまらない
- 静か ⟷ うるさい
- 暗い ⟷ 明るい
- 大人しい ⟷ 子供っぽい
- 便利 ⟷ 不便

三、請替下列物品加上適當的形容詞（解答僅為範例）

- 美味しいワイン
- 素敵なプレゼント
- 暖かいミルク
- 面白い映画
- 小さい車

- 高いビル
- きれいな花
- 高い山

- 明るい**部屋**
- 難しい**人生**
- 有名な**歌手**

- 広い**海**
- 大きい**教室**
- かわいい**先生**

四、句子重組練習

01 おいしい は これ です。 ⇨ これはおいしいです。

02 町 な にぎやか ですね。 ⇨ にぎやかな町ですね。

03 は ドラえもん です かわいい。

⇨ ドラえもんはかわいいです。

04 新しい です 車 ね。 ⇨ 新しい車ですね。

05 です 妹 大人しい は。 ⇨ 妹は大人しいです。

06 部屋 は です 広い ね ⇨ 部屋は広いですね。

五、日翻中

01 これは難しいです。 ⇨ 這個好難。

02 美味しいりんごですね。 ⇨ 好好吃的蘋果哦！

03 それはこわいです。 ⇨ 那個真可怕。

04 いい天気ですね。 ⇨ 真是好棒的天氣哦！

05 彼は子供っぽいです。 ⇨ 他很孩子氣。

06 高いワインですね。 ⇨ 真是昂貴的紅酒耶！

Lesson 4

この＋物品＋は ＋いくら　ですか。

學習重點 日本購物實用句型

老師親自授課，
QRcode隨掃隨學！

　　學日文卻不學如何用日文買東西，說不過去吧！逛街看到喜歡的東西，問店員要多少錢，該怎麼説呢？請看這個萬用句型。

基本句型1

句型：

この
その　＋ 物品 ＋ は ＋ いくら ですか。
あの

・このかばんはいくらですか。	▶這個包包多少錢？
・そのかばんはいくらですか。	▶那個包包多少錢？
・あのかばんはいくらですか。	▶那邊那個包包多少錢？
・この傘はいくらですか。	▶這把雨傘多少錢？
・その本はいくらですか。	▶那本書多少錢？

獨家小提醒

還記得第二課學過的「これ」、「それ」、「あれ」嗎？這一課的「この」、「その」、「あの」其實跟第二課的差不多，只是「これ」的後面可以直接加は，「この」的後面不可以直接加「は」。

例如：・これは⇒これ＋は　「這個」……

・この 鉛筆^{えんぴつ}は⇒この＋名詞＋は「這個」＋「鉛筆」……

另外，翻譯成中文時，單位詞會因為後面加的名詞而改變。

例如：・この 鉛筆^{えんぴつ}⇒這枝鉛筆

・この 小説^{しょうせつ}⇒這本小說

基本句型2

【　句型：　物品 ＋ を ＋ ください。　】

請給我　物品　。

・ケーキをください。	▶請給我蛋糕。
・ミルクティーをください。	▶請給我奶茶。
・ラーメンをください。	▶請給我拉麵。
・メニューをください。	▶請給我菜單。
・お湯^ゆをください。	▶請給我熱水。
・ティッシュをください。	▶請給我紙巾。
・お皿^{さら}をください。	▶請給我盤子。

單字補充站

• ビニール袋 [5]	塑膠袋	• 水 [0]	水
• ピザ [1]	披薩	• カレーライス [4]	咖哩飯
• コーヒー [3]	咖啡	• お皿 [0]	盤子
• お茶 [0]	茶	• 氷 [0]	冰塊
• 化粧品 [0]	化妝品	• オムライス [3]	蛋包飯
• ラーメン [1]	拉麵	• シャツ [1]	襯衫
• ティッシュ [1]	紙巾	• ケーキ [1]	蛋糕
• 靴下 [2]	襪子	• サンドイッチ [4]	三明治
• 洋服 [0]	衣服	• 携帯 [0]	手機
• カメラ [1]	相機	• おもちゃ [2]	玩具
• お湯 [0]	熱水	• スプーン [2]	湯匙
• フォーク [1]	叉子	• ナイフ [1]	刀子

獨家小提醒

日本人有時候會單獨使用「あれ」這個詞，並搭配疑惑的表情，這個時候的「あれ」並非是前面提到的「那個」的意思，而是中文的「咦?!」，表示困惑的語氣詞，所以要特別觀察日本人的表情哦！

量詞單字

	杯 （用杯子裝的）	細長物品類 （雨傘、酒、筆）	薄、扁平類 （紙、鈔票、盤子、襯衫）	機器、車輛類
01	一杯 いっぱい [1]	一本 いっぽん [1]	一枚 いちまい [2]	一台 いちだい [2]
02	二杯 にはい [1]	二本 にほん [1]	二枚 にまい [1]	二台 にだい [1]
03	三杯 さんばい [1]	三本 さんぼん [1]	三枚 さんまい [1]	三台 さんだい [1]
04	四杯 よんはい [1]	四本 よんほん [1]	四枚 よんまい [1]	四台 よんだい [1]
05	五杯 ごはい [0]	五本 ごほん [0]	五枚 ごまい [0]	五台 ごだい [0]
06	六杯 ろっぱい [1]	六本 ろっぽん [1]	六枚 ろくまい [2]	六台 ろくだい [2]
07	七杯 ななはい [2]	七本 ななほん [2]	七枚 ななまい [2]	七台 ななだい [2]
08	八杯 はっぱい [1]	八本 はっぽん [1]	八枚 はちまい [2]	八台 はちだい [2]
09	九杯 きゅうはい [1]	九本 きゅうほん [1]	九枚 きゅうまい [1]	九台 きゅうだい [1]
10	十杯 じゅっぱい [1]	十本 じゅっぽん [1]	十枚 じゅうまい [1]	十台 じゅうだい [1]
?	何杯 なんばい [1]	何本 なんぼん [1]	何枚 なんまい [1]	何台 なんだい [1]

更多的量詞單字！

	書、筆記本類	鞋襪類 （鞋子、襪子）	衣服 （一件、套）	泛指某個東西
01	一冊 いっさつ [4]	一足 いっそく [4]	一着 いっちゃく [4]	一つ ひとつ [2]
02	二冊 にさつ [1]	二足 にそく [1]	二着 にちゃく [1]	二つ ふたつ [3]
03	三冊 さんさつ [1]	三足 さんぞく [1]	三着 さんちゃく [1]	三つ みっつ [3]
04	四冊 よんさつ [1]	四足 よんそく [1]	四着 よんちゃく [1]	四つ よっつ [3]
05	五冊 ごさつ [1]	五足 ごそく [1]	五着 ごちゃく [1]	五つ いつつ [2]
06	六冊 ろくさつ [4]	六足 ろくそく [4]	六着 ろくちゃく [4]	六つ むっつ [3]
07	七冊 ななさつ [2]	七足 ななそく [2]	七着 ななちゃく [2]	七つ ななつ [2]
08	八冊 はっさつ [4]	八足 はっそく [4]	八着 はっちゃく [4]	八つ やっつ [3]
09	九冊 きゅうさつ [1]	九足 きゅうそく [1]	九着 きゅうちゃく [1]	九つ ここのつ [2]
10	十冊 じゅっさつ [4]	十足 じゅっそく [4]	十着 じゅっちゃく [4]	十 とお [1]
？	何冊 なんさつ [1]	何足 なんそく [1]	何着 なんちゃく [1]	いくつ [1]

　　另外，還要補充一個使用量詞的小重點！如果你要加上量詞，記得要將量詞加在「を」和「ください」的中間哦！

基本句型3

【句型：名詞 + を + 量詞 + ください 】

・ケーキを一（ひと）つください。	▶請給我一個蛋糕。
・傘（かさ）を一本（いっぽん）ください。	▶請給我一把雨傘。
・本（ほん）を三冊（さんさつ）ください。	▶請給我三本書。
・サンドイッチを二（ふた）つください。	▶請給我兩個三明治。
・お湯（ゆ）を一（ひと）つください。	▶請給我一杯熱水。
・ティッシュを二枚（にまい）ください。	▶請給我兩張紙巾。
・お皿（さら）を一枚（いちまい）ください。	▶請給我盤子。

獨家小提醒

偷偷跟你們分享一個小祕密哦！雖然日文的量詞非常多又複雜，但是，如果你不小心忘記了什麼東西該用什麼單位時，只要記住左邊表格中『泛指某個東西』類的字（也就是都以つ結尾的這些「つ系列」的字），就幾乎在哪裡都可以通用哦！
另外，你們有沒有覺得很奇怪，為什麼這個「つ系列」中的「十個」卻沒有以つ結尾呢？沒關係，不要擔心會忘記這個字。「十個」的發音唸「とお」，是不是和「吐」（台語）很像啊？就想像自己買十個很好吃的東西，但十個實在太多了，吃到想吐……這樣就記住囉！

數字的重音

十	百	千	萬
10 じゅう [1]	100 ひゃく [2]	1000 せん [1]	10000 いちまん [3]
20 にじゅう [1]	200 にひゃく [3]	2000 にせん [2]	20000 にまん [2]
30 さんじゅう [1]	300 さんびゃく [1]	3000 さんぜん [3]	30000 さんまん [3]
40 よんじゅう [1]	400 よんひゃく [1]	4000 よんせん [3]	40000 よんまん [3]
50 ごじゅう [2]	500 ごひゃく [3]	5000 ごせん [2]	50000 ごまん [2]
60 ろくじゅう [3]	600 ろっぴゃく [4]	6000 ろくせん [3]	60000 ろくまん [3]
70 ななじゅう [2]	700 ななひゃく [2]	7000 ななせん [3]	70000 ななまん [3]
80 はちじゅう [3]	800 はっぴゃく [4]	8000 はっせん [3]	80000 はちまん [3]
90 きゅうじゅう [1]	900 きゅうひゃく [1]	9000 きゅうせん [3]	90000 きゅうまん [3]

獨家小提醒

要多注意3、6、8的單位，有時會有變化，所以要特別用心記哦！當數字後面加上日幣「円」的時候重音會不一樣哦！詳細的說明可以看這一課的教學影片（P050），就不怕會說錯囉！

チャレンジ
挑戰時刻

一、中翻日

01 請給我咖啡。

....

02 請給我三明治。

....

03 請給我塑膠袋。

....

04 請給我湯匙。

....

05 請給我菜單。

....

06 請給我拉麵。

....

07 請給我奶茶。

....

二、下面是雜貨店老闆的進貨明細，他一個人忙不過來呢！你可以
　　幫他叫貨嗎？請用適當的句子完成。

三、正確的句子請打「○」，錯誤的句子請打「×」。

例 これ は 本 です。（○）

01 このは雑誌です。（　）

02 それかばんは高いです。（　）

03 あのさしみはおいしいです。（　）

04 それりんごは小さいです。（　）

05 あのは大きいです。（　）

06 そのりんごは大きいです。（　）

07 ケーキを一つください。（　）

08 そのかばんは高いです。（　）

09 あれさしみはおいしいです。（　）

10 三つをりんごください。（　）

11 ティッシュを一枚ください。（　）

12 この雑誌は新しいです。（　）

13 あれわたしのかばんです。（　）

14 ラーメンのください。（　）

15 サンドイッチをください。（　）

16 このは先生の辞書です。（　）

四、把以下的數字用平假名寫出

01 1700→

02 600→

03 3500→

04 100→

05 300→

06 800→

07 1000→

08 2350→

09 5300→

10 12000→

答え
解答看這裡

一、中翻日

01 コーヒーをください。   **05** メニューをください。

02 サンドイッチをください。   **06** ラーメンをください。

03 ビニール袋をください。   **07** ミルクティーをください。

04 スプーンをください。

二、下面是雜貨店老闆的進貨明細，他一個人忙不過來呢！你可以幫他叫貨嗎？請用適當的句子完成。

- 盤子/5 ⇨ お皿を五枚ください。
- 雜誌/4 ⇨ 雑誌を四冊ください。
- 蘋果/5 ⇨ りんごを五つください。
- 紙巾/3 ⇨ ティッシュを三枚ください。
- 手機/2 ⇨ 携帯を二台ください。
- 襯衫/2 ⇨ シャツを二枚ください。
- 三明治/4 ⇨ サンドイッチを四つください。
- 襪子/6 ⇨ 靴下を六足ください。
- 雨傘/3 ⇨ 傘を三本ください。
- 紅酒/5 ⇨ ワインを五本ください。

三、正確的句子請打「○」，錯誤的句子請打「×」。

01 このは雑誌です。(×)

02 それかばんは高いです。(×)

03 あのさしみはおいしいです。(○)

04 それりんごは小さいです。(×)

05 あのは大きいです。(X)

06 そのりんごは大きいです。(O)

07 ケーキを一つください。(O)

08 そのかばんは高いです。(O)

09 あれさしみはおいしいです。(X)

10 三つをりんごください。(X)

11 ティッシュを一枚ください。(O)

12 この雑誌は新しいです。(O)

13 あれわたしのかばんです。(X)

14 ラーメンのください。(X)

15 サンドイッチをください。(O)

16 このは先生の辞書です。(X)

正確的説法應該是這樣才對喔！

01 これは雑誌です。

02 そのかばんは高いです。

04 そのりんごは小さいです。

05 あれは大きいです。

09 あのさしみはおいしいです。

10 りんごを三つください。

13 あれはわたしのかばんです。

14 ラーメンをください。

16 これは先生の辞書です。

四、把以下的數字用平假名寫出

01 1700 ⇨ せんななひゃく

02 600 ⇨ ろっぴゃく

03 3500 ⇨ さんぜんごひゃく

04 100 ⇨ ひゃく

05 300 ⇨ さんびゃく

06 800 ⇨ はっぴゃく

07 1000 ⇨ せん

08 2350 ⇨ にせんさんびゃくごじゅう

09 5300 ⇨ ごせんさんびゃく

10 12000 ⇨ いちまんにせん

一、是非題

請判斷下列的句子是對還是錯呢？

01 わたしはショウさんです。（　　）

02 あなたは先生ですか。（　　）

03 三つをりんごください。（　　）

04 どうぞお願(ねが)いです。（　　）

05 わたしは学生ありません。（　　）

06 それかばんは安いです。（　　）

07 それは誰の傘ですか。（　　）

08 難しいな日本語です。（　　）

09 妹はやさしいです。（　　）

10 きれい花です。（　　）

二、填空題

請分別依據以下的情境，完成下列句子。

01 當東西不在任何人手上，且離兩個人都很近的時候……

A：これは何ですか。

B：（　　　　）は雑誌です。

02 當東西在Ｂ手上時……

　　Ａ：それは何ですか。

　　Ｂ：(　　　　)は雑誌です。

03 當東西離兩個人都很遠時……

　　Ａ：(　　　　)は何ですか。

　　Ｂ：(　　　　)は雑誌です。

04 キティ：それは(　　　　)の雑誌ですか。

　　スティッチ：これは日本語の雑誌です。

　　請問第**04**題裡的雜誌在誰的手上呢？(　　　　)

三、下面是スティッチさん寫的作業，不過他有點不認真，所以有
　　的地方不會寫，你可以幫他完成嗎？

01 それは私(　　　　)本です。

02 これ(　　　　)かわいいです。

03 きれい(　　　　)町ですね。

04 ケーキ(　　　　)ください。

05 (　　　　)かばんはいくらですか。

四、請把下列中文翻成日文

01 這個好可愛。

02 很有趣的電影哦！

03 這是我的雨傘。

04 那是什麼樣的書呢？

05 我不是律師。

五、請把下列日文翻成中文

01 サンドイッチを一つください。

02 中国語のメニューをください。

03 お皿を一枚をください。

04 傘を二本ください。

05 その雑誌はいくらですか。

06 にぎやかな町ですね。

07 面白い映画ですね。

08 私は学生ではありません。

09 これは英語の辞書です。

10 それは私の財布です。

六、句子重組練習

01 古い　です　車　ね

02 です　兄　大人しい　は

03 料理　その　は　です　おいしい

04 面白い　は　雑誌　か　です　その

05 ミルクティー　この　安い　です　は

06 では　会社員　ありません　私　は

07 私　かばん　それ　の　は　です

08 その　は　車　です　大きい

09 まずい　は　これ　です

10 です　あなた　か　先生　は

答え
解答看這裡

一、是非題

01 わたしはショウさんです。（X）

02 あなたは先生ですか。（O）

03 三つをりんごください。（X）

04 どうぞお願いです。（X）

05 わたしは学生ありません。（X）

06 それかばんは安いです。（X）

07 それは誰の傘ですか。（O）

08 難しいな日本語です。（X）

09 妹はやさしいです。（O）

10 きれい花です。（X）

正確寫法應該是這樣才對！

01 わたしはショウです。

03 りんごを三つください。

04 どうぞよろしくお願いします。

05 わたしは学生ではありません。

06 そのかばんは安いです。

08 難しい日本語です。

10 きれいな花です。

二、填空題

01 當東西不在任何人手上，且離兩個人都很近的時候……

　　A：これは何ですか。 B：（これ）は雑誌です。

02 當東西在B手上時……

　　A：それは何ですか。 B：（これ）は雑誌です。

03 當東西離兩個人都很遠時……

　　A：（あれ）は何ですか。 B：（あれ）は雑誌です。

04 キティ：それは（何）の雑誌ですか。

スティッチ：これは日本語の雑誌です。

請問第**04**題裡的雜誌在誰的手上呢？（スティッチ）

三、下面是スティッチさん寫的作業，不過他有點不認真，所以有的地方不會寫，你可以幫他完成嗎？

01 それは私（の）本です。

02 これ（は）かわいいです。

03 きれい（な）町ですね。

04 ケーキ（を）ください。

05 （その）かばんはいくらですか。

四、請把下列中文翻成日文

01 這個好可愛！ ⇨ これはかわいいですね。

02 很有趣的電影哦！ ⇨ 面白い映画ですね。

03 這是我的雨傘。 ⇨ これは私の傘です。

04 那是什麼樣的書呢？ ⇨ それは何の本ですか。

05 我不是律師。 ⇨ 私は弁護士ではありません。

五、請把下列日文翻成中文

01 サンドイッチを一つください。 ⇨ 請給我一個三明治。

02 中国語のメニューをください。 ⇨ 請給我中文菜單。

03 お皿を一枚をください。 ⇨ 請給我一個盤子。

04 傘を二本ください。 ⇨ 請給我兩把雨傘。

05 その雑誌はいくらですか。 ⇨ 那本雜誌多少錢？

06 にぎやかな町ですね。 ⇨ 真是熱鬧的街道耶！

07 面白い映画ですね。 ⇨ 很有趣的電影喔！

08 私は学生ではありません。 ⇨ 我不是學生。

09 これは英語の辞書です。 ⇨ 這是英文字典。

10 それは私の財布です。 ⇨ 那是我的錢包。

六、句子重組練習

01 古い　ぐす　車　ね ⇨ 古い車ですね。

02 です　兄　大人しい　は ⇨ 兄は大人しいです。

03 料理　その　は　です　おいしい

⇨ その料理はおいしいです。

04 面白い　は　雑誌　か　です　その

⇨ その雑誌は面白いですか。

05 ミルクティー　この　安い　です　は

⇨ このミルクティーは安いです。

06 では　会社員　ありません　私　は

⇨ 私は会社員ではありません。

07 私　かばん　それ　の　は　です ⇨ それは私のかばんです。

08 その　は　車　です　大きい ⇨ その車は大きいです。

09 まずい　は　これ　です ⇨ これはまずいです。

10 です　あなた　か　先生　は ⇨ あなたは先生ですか。

Lesson 5

老師親自授課，
QRcode隨掃隨學！

場所は どこ ですか。

學習重點 用日文詢問想去的地方

「廁所在哪裡？」——無論是到什麼地方，都一定要搞懂這個最基本的問題！這一章就教大家問路、找目的地時一定會用到的基本句型！

基本句型1

句型：

場所 は ┌ ここ 這裡
　　　　├ そこ 那裡　　　　　　　　　　です。
　　　　└ あそこ（距離較遠的）那裡

疑問句

【 **場所** は どこ ですか。】 場所 在哪裡？

・**デパート**は<u>ここ</u>です。	▶百貨公司在這裡。
・**プール**はそこです。	▶游泳池在那裡。
・**空港**はあそこです。	▶機場在那裡。

這個句子前後可以對調哦！所以也可以寫成ここはデパートです。（這裡是百貨公司。）與中文意思差不多，只是寫法不同而已。可以用這個句型跟外國朋友介紹一下台灣好玩的地方哦！

　　如果要用否定的説法，在第一課有教過哦！忘記的話，可以翻回第一課看看。只要把句子後面的「です」改成「ではありません」就OK囉！

| ・**ここはトイレではありません。** | ▶這裡不是廁所。 |
| ・**ここはスーパーではありません。** | ▶這裡不是超市。 |

獨家小提醒

こ、そこ、あそこ和これ、それ、あれ的概念是一樣的，只是前者是用在地點。日文的こ、そ、あ的觀念其實很簡單，只要你在第三課有弄清楚，之後就很容易囉！

單字補充站

常見場所

・ジム ① 健身房	・プール ① 游泳池	・野球場 ⓪ 棒球場
・デパート ② 百貨公司	・公園 ⓪ 公園	・スーパー ① 超市
・映画館 ③ 電影院	・遊園地 ③ 遊樂園	・ホテル ① 飯店
・空港 ⓪ 機場	・学校 ⓪ 學校	・郵便局 ③ 郵局
・家 ⓪ 家裡	・会社 ⓪ 公司	・コンビニ ⓪ 便利商店
・レストラン ① 餐廳	・夜市 ① 夜市	・トイレ ① 廁所
・駅 ① 車站	・美術館 ③ 美術館	・喫茶店 ⓪ 咖啡廳
・病院 ⓪ 醫院	・図書館 ② 圖書館	・本屋 ① 書店

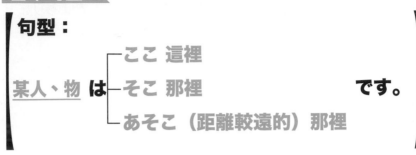

句型：

某人、物 は ─ここ 這裡
　　　　　　─そこ 那裡　　　　　　　　　　です。
　　　　　　─あそこ（距離較遠的）那裡

　　　　你也可以用這種句型說出自己或朋友的所在位置哦！只要把基本句型1的「場所」部分改成「自己」或「朋友」就可以囉！

疑問句

【某人、物　は　どこ　です か。】 某人、物 在哪裡？

・小池さんはどこですか。	▶小池先生在哪裡？
・小池さんは会社です。	▶小池先生在公司
・堂本さんはどこですか。	▶堂本先生在哪裡？
・堂本さんは映画館です。	▶堂本先生在電影院。
・星野さんはどこですか。	▶星野先生在哪裡？
・星野さんは美術館です。	▶星野先生在美術館。

基本句型3

【句型：私は　　　某國家　　　から　来ました。】

- **私は台湾から来ました。** ▶我從台灣來的。
- **私は韓国から来ました。** ▶我從韓國來的。
- **私はイギリスから来ました。** ▶我從英國來的。

獨家小提醒

「から」是起點的意思，中文意思是「從」（from）。

單字補充站

百貨公司相關單字

- **一階** ⓪ 1樓
- **二階** ⓪ 2樓
- **三階** ⓪ 3樓
- **四階** ⓪ 4樓
- **地下一階** ① ⓪ 地下一樓
- **レジ** ① 收銀台
- **エレベーター** ③ 電梯
- **エスカレーター** ④ 手扶梯
- **駐車場** ⓪ 停車場
- **サービスカウンター** ⑤ 服務台
- **周年記念セール** ⑧ 週年慶

國家地區

- **台湾** ③ 台灣
- **アメリカ** ⓪ 美國
- **日本** ② 日本
- **ドイツ** ① 德國
- **韓国** ① 韓國
- **オーストラリア** ⑤ 澳洲
- **イギリス** ⓪ 英國
- **フランス** ⓪ 法國
- **タイ** ① 泰國
- **インド** ① 印度
- **香港** ① 香港
- **中国** ① 中國

前面學完了日文起點的講法，也就是「から」，接下來我們順便也學一下終點的講法，也就是「まで」。「から」、「まで」常常可以放在同一個句子裡使用哦！究竟該怎麼放呢？讓我們看看下面的句型介紹吧！

基本句型4

【句型： 場所 は＿時から＿時までです。】

- 郵便局は8時から5時までです。　▶郵局是從八點開到五點。
- デパートは11時から10時までです。　▶百貨公司是從十一點開到十點。
- ジムは9時から8時までです。　▶健身房是從九點開到八點。

你也可以加上「午前（上午）」、「午後（下午）」讓時間更清楚。

- 郵便局は午前8時から午後5時までです。　▶郵局是從早上八點開到下午五點。
- デパートは午前11時から午後10時までです。　▶百貨公司是從早上十一點開到下午十點。
- ジムは午前9時から午後8時までです。　▶健身房是從早上九點開到下午八點。

獨家小提醒

から～まで的句型，除了用在時間，也可以用在地點哦！

例如：從台北到東京→台北から東京まで

從法國到美國→フランスからアメリカまで

チャレンジ
挑戰時刻

一、下面是一間小型的百貨公司樓層分配表，請找出客人要買的東西在
哪一樓。

4	喫茶店、映画館、レストラン
3	おもちゃ、カメラ
2	本屋、洋服
1	化粧品、靴、かばん
B1	スーパー

例 果物はどこですか。→果物は地下 一階です。

01 レストランはどこですか。

....

02 カメラはどこですか。

....

03 シャツはどこですか。

....

04 映画館はどこですか。

....

05 本はどこですか。

....

06 化粧品はどこですか。

....

07 スーパーはどこですか。

08 靴はどこですか。

09 おもちゃはどこですか。

10 かばんはどこですか。

二、句子改寫練習

例 ここは教室です。→教室はここです。

01 デパートはそこです。

02 あそこは空港です。

03 スーパーはあそこです。

04 プールはそこです。

05 ここはホテルです。

06 本屋はここです。

07 そこは映画館です。

08 喫茶店はあそこです。

09 そこはレストランです。

10 駅はそこです。

三、下面是捷運車資的簡圖，請根據圖表完成句子吧！

	忠孝復興	西門	板橋	新店
台北車站	20	20	25	30
淡水	55	50	60	65
動物園	30	35	45	50
市政府	20	25	35	40

01 台北車站から　　　　　　　　まで30元です。

02 市政府から板橋まで　　　　　　　　です。

03 　　　　　　　　から新店まで65元です。

04 動物園から .... まで35元です。

05 .... から西門まで20元です。

四、是非題，下列句子若正確請打「O」，錯誤請打「X」

01 郵便局は何時まで何時からですか。（　　　）

02 デパートはそこです。（　　　）

03 ここは映画館です。（　　　）

04 学校は九時から四時までです。（　　　）

05 レストランはこれです。（　　　）

五、翻譯題，將下列句子翻成日文或中文

01 ここは夜市です。

....

02 電影院是從上午10點開到晚上11點。

....

03 餐廳在這裡。

....

04 カメラは五階です。

....

05 プールはそこです。

....

答え
解答看這裡

一、下面是一間小型的百貨公司樓層分配表，請找出客人要買的東西在
哪一樓。

01 レストランは四階です。   **06** 化粧品は一階です。

02 カメラは三階です。   **07** スーパーは地下一階です。

03 シャツは二階です。   **08** 靴は一階です。

04 映画館は四階です。   **09** おもちゃは三階です。

05 本は二階です。   **10** かばんは一階です。

二、句子改寫練習

01 デパートはそこです。 ⇨ そこはデパートです。

02 あそこは空港です。 ⇨ 空港はあそこです。

03 スーパーはあそこです。 ⇨ あそこはスーパーです。

04 プールはそこです。 ⇨ そこはプールです。

05 ここはホテルです。 ⇨ ホテルはここです。

06 本屋はここです。 ⇨ ここは本屋です。

07 そこは映画館です。 ⇨ 映画館はそこです。

08 喫茶店はあそこです。 ⇨ あそこは喫茶店です。

09 そこはレストランです。 ⇨ レストランはそこです。

10 駅はそこです。 ⇨ そこは駅です。

三、下面是捷運車資的簡圖，請根據圖表完成句子吧！

01 台北車站から 新店 まで30元です。

02 市政府から板橋まで 35元 です。

03 淡水 から新店まで65元です。

04 動物園から 西門 まで35元です。

05 台北車站 から西門まで20元です。

四、是非題，下列句子若正確請打「O」，錯誤請打「X」

01 郵便局は何時まで何時からですか。 （X）

02 デパートはそこです。 （O）

03 ここは映画館です。 （O）

04 学校は九時から四時までです。 （O）

05 レストランはこれです。 （X）

正確的說法應該是這樣才對喔！

01 郵便局は何時から何時まですか。

05 レストランはここです。

五、翻譯題，將下列句子翻成日文或中文

01 ここは夜市です。⇨ 這裡是夜市。

02 電影院是從上午10點開到晚上11點。
⇨ 映画館は午前十時から午後十一時までです。

03 餐廳在這裡。⇨ レストランはここです。

04 カメラは五階です。⇨ 相機在五樓。

05 プールはそこです。⇨ 游泳池在那裡。

Lesson 6

老師親自授課，\QRcode隨掃隨學！/

私は **名詞** があります。

學習重點 表達擁有的日文句型

　　這一課要教你怎麼用日文說自己擁有的東西。你有智慧型手機嗎？還是你有一隻貓呢？日文和中文不一樣，雖然都是表示擁有，但是日文卻有分哦！怎麼分呢？先把這章的基本句型學起來吧！

　　說在前頭：如果是沒有生命的東西，例如雜誌、相機、手機……，日文要用「某東西 ＋ があります」；如果是有生命的人、動物，例如朋友、貓……，日文則是要用「某人、動物 ＋ がいます」！

基本句型1

句型：私は **名詞** が

- あります（事物）
- います（人、動物）

・私は<ruby>私<rt>わたし</rt></ruby>はカメラがあります。	▶我有相機。
・<ruby>私<rt>わたし</rt></ruby>は<ruby>猫<rt>ねこ</rt></ruby>がいます。	▶我有養貓。
・<ruby>私<rt>わたし</rt></ruby>は<ruby>悠遊<rt>ゆうゆう</rt></ruby>カードがあります。	▶我有悠遊卡。
・<ruby>私<rt>わたし</rt></ruby>は<ruby>友達<rt>ともだち</rt></ruby>がいます。	▶我有朋友。
・<ruby>私<rt>わたし</rt></ruby>は<ruby>手帳<rt>てちょう</rt></ruby>があります。	▶我有記事本。
・<ruby>私<rt>わたし</rt></ruby>は<ruby>自分<rt>じぶん</rt></ruby>の<ruby>部屋<rt>へや</rt></ruby>があります。	▶我有自己的房間。

獨家小提醒

除了可以說自己擁有的物品之外，你也可以運用這個句型，問店家有沒有你想要的商品。我們可以順便複習一下第三課曾教過大家的形容詞用法，和「詳細說出物品種類」的文法。這樣可以更仔細形容你想要的商品哦！

- 大きいかばんがありますか。　　有大的包包嗎？
- 日本語の本がありますか。　　有日文書嗎？

為什麼會有個「か」呢？這是因為將基本句型1的最後加上「か」，就可以變成完美的問句囉！當你去日本玩時，就可以用這個句子去尋找你想買的東西了！

　　接下來，我們把句子稍稍加長一下吧！有時候你也可以用這個句型來向日本朋友介紹台灣，充當一個親切的導遊喔！其實不難，只要在剛剛學過的句型前面，加上地點（場所）之後，再加上表達地點的「に」就可以囉！我們一起來試試吧！

基本句型2

句型：場所 の 某位置 に 名詞 が
- あります（事物）
- います（人、動物存在）

教室の中に学生がいます。	▶在教室裡有學生。
スーパーの中にパンがあります。	▶在超市裡有麵包。
冷蔵庫の上に雑誌があります。	▶在冰箱上面有雜誌。
車の右に自転車があります。	▶在車子右邊有腳踏車。

獨家小提醒

當你想講好幾樣東西的時候，可以用「＿＿＿＿や＿＿＿＿など
があります。」例如：「冷蔵庫の中にパンやミルクなどがあ
ります。」（冰箱裡有麵包、牛奶 等等。）至於如果你想問別
人的話，該怎麼問呢？很簡單，你只要把名詞的部分換成疑問詞
「何」，最後再加上「か」就完成囉！例：かばんの中に何があ
りますか。（包包裡有什麼呢？）

單字補充站

擁有的物品與人、動物

• 自分[0]の部屋[2] 自己的房間	• ノートパソコン[4] 筆電	• 自転車[2] 腳踏車
• スーツケース[4] 行李箱	• イヤホン[2] 耳機	• 恋人[0] 情人
• スマートフォン[5] 智慧型手機	• 猫[1] 貓	• 犬[2] 狗
• 時計[0] 手錶	• 電子辞書[4] 電子字典	• 兄弟[1] 兄弟姊妹

好用名詞

• 机[0] 桌子	• 椅子[0] 椅子	• サラダ[1] 沙拉
• 人[0] 人	• パン[1] 麵包	• テレビ[1] 電視
• 鍵[2] 鑰匙	• 悠遊カード[5] 悠遊卡	• 新聞[0] 報紙
• 冷蔵庫[3] 冰箱	• ご飯[1] 飯	• メッセージ[1] 留言
• お菓子[2] 零食	• 卵[2] 雞蛋	• 豆乳[0] 豆漿
• 上[0] 上面	• 下[0] 下面	• 左[0] 左邊
• 右[0] 右邊	• 前[1] 前面	• 後ろ[0] 後面
• 中[1] 裡面	• 隣[0] 旁邊	• 間[0] 之間

一、連連看，左邊的名詞是適合用「います」？還是「あります」？

新聞　·

犬　·

財布　·

カメラ　·　　　　　　　　　　　·います

人　·

ミルク　·　　　　　　　　　　　·あります

友達　·

ノートパソコン　·

二、對照中文完成下列句子。

01 冷蔵庫の .... にスーツケースが .... 。

冰箱的左邊有行李箱。

02 .... の上に人が .... 。

腳踏車上有人。

03 椅子の .... に本が .... 。

椅子的下面有書。

04 机の .... に鍵（かぎ）が .... 。

桌子上面有鑰匙。

05 電話の .... にメッセージが .... 。

電話的右邊有留言。

06 財布の .... にお金が .... 。

錢包裡有錢。

三、翻譯句子

01 我有貓。

02 房間裡有電視、筆電等等。

03 車子後面有人。

04 教室裡有桌子。

05 冰箱上面有什麼呢？

06 桌子上面有報紙。

07 包包裡面有悠遊卡。

08 有電視嗎？

09 犬がいますか。

10 メッセージがありますか。

四、句子重組

01 車が　　郵便局の　　あります　　前　に

02 下　猫が　います　机　に　の

03 に　冷蔵庫　中　の　あります　ミルクが

04 テーブル　の　上　に　パン　や　など　ミルク　が　あります

05 が　私　猫　います　は

06 テレビ　が　左　の　います　犬　に

五、是非題，下列句子若正確請打「O」，錯誤請打「X」

01 私は犬があります。（　　）

02 かばんの中に財布があります。（　　）

03 ミルクがいますか。（　　）

04 冷蔵庫の中にミルクやパンなどがあります。（　　）

05 私は友達がいます。（　　）

06 テーブルの上に携帯がいます。（　　）

07 パンがありますか。（　　）

08 椅子の左猫がいます。（　　）

09 車に後ろに人がいます。（　　）

10 椅子の下に眼鏡あります。（　　）

答え
解答看這裡

一、連連看，左邊的名詞是適合用「います」？還是「あります」？

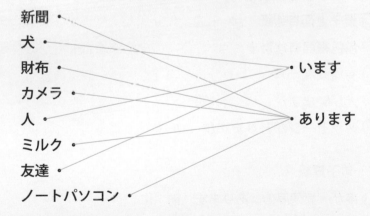

新聞 ·

犬 ·

財布 ·

カメラ ·　　　　　　　　　　　　· います

人 ·

ミルク ·　　　　　　　　　　　　· あります

友達 ·

ノートパソコン ·

二、對照中文完成下列句子。

01 冷蔵庫の 左 にスーツケースが あります。（冰箱的左邊有行李箱。）

02 自転車 の上に人が います。（腳踏車上有人。）

03 椅子の 下 に本があります。（椅子的下面有書。）

04 机の 上 に鍵^{かぎ}があります。（桌子上面有鑰匙。）

05 電話の 右 にメッセージが あります。（電話的右邊有留言。）

06 財布の 中 にお金があります。（錢包裡有錢。）

三、翻譯句子

01 我有貓。 ⇨ 私は猫がいます。

02 房間裡有電視、筆電等等。
⇨ 部屋の中にテレビやノートパソコンなどがあります。

03 車子後面有人。 ⇨ 車の後ろに人がいます。

04 教室裡有桌子。 ⇨ 教室の中に机があります。

05 冰箱上面有什麼呢？ ⇨ 冷蔵庫の上に何がありますか。

06 桌子上面有報紙。 ⇨ 机の上に新聞があります。

07 包包裡面有悠遊卡。 ⇨ かばんの中に悠遊カードがあります。

08 有電視嗎？ ⇨ テレビがありますか。

09 犬がいますか。 ⇨ 有狗嗎？

10 メッセージがありますか。 ⇨ 有留言嗎？

四、句子重組

01 車が 郵便局の あります 前 に
⇨ 郵便局の前に車があります。

02 下 猫が います 机 に の ⇨ 机の下に猫がいます。

03 に 冷蔵庫 中 の あります ミルクが
⇨ 冷蔵庫の中にミルクがあります。

04 テーブル　の　上　に　パン　や　など　ミルク　が　あります。

⇨ テーブルの上にパンやミルクなどがあります。

05 が　私　猫　います　は　⇨ 私は猫がいます。

06 テレビ　が　左　の　います　犬　に

⇨ テレビの左に犬がいます。

五、是非題，下列句子若正確請打「O」，錯誤請打「X」

01 私は犬があります。（X）

02 かばんの中に財布があります。（O）

03 ミルクがいますか。（X）

04 冷蔵庫の中にミルクやパンなどがあります。（O）

05 私は友達がいます。（O）

06 テーブルの上に携帯がいます。（X）

07 パンがありますか。（O）

08 椅子の左猫がいます。（X）

09 車に後ろに人がいます。（O）

10 椅子の下に眼鏡あります。（X）

正確的說法應該是這樣才對喔！

01 私は犬がいます。

03 ミルクがありますか。

06 テーブルの上に携帯があります。

08 椅子の左に猫がいます。

10 椅子の下に眼鏡があります。

老師親自授課，
QRcode隨掃隨學！

Lesson 7

私は名詞が好きです。

學習重點 ─ 用日文說出我的喜好

大家都有自己喜歡跟討厭的東西吧！有些人喜歡電影，有些人喜歡狗，學生都討厭作業，我討厭蟑螂！用日文很簡單就能表達出自己的喜好或厭惡哦！讓我們一起練習看看吧！

基本句型1

【 句型：わたし　は　名詞　が　┌好き　┐です。┐
　　　　　　　　　　　　　　　└嫌い　┘ 】

- 私はゴキブリが嫌いです。　　　　▶我討厭蟑螂。

- 私はプレゼントが好きです。　　　▶我喜歡禮物。

- 私は映画が好きです。　　　　　　▶我喜歡電影。

- 私は宿題が嫌いです。　　　　　　▶我討厭作業。

學完上面的句型，你可以順便學一下日本人怎麼告白哦！大家有常看日劇的話，是不是會常有一些學妹跟學長告白的片段呢？還記得怎麼說嗎？

- 私は先輩のことが好きです。　　　▶我喜歡學長。

- 私は先生のことが好きです。　　　▶我喜歡老師。

　　「先輩」的部分可以換成你喜歡的人的名字。日本人表達對一個人的喜歡時，是很直接又完全的，「のこと」加在名字後面，表示關於前者的所有事情，也就是喜歡不只是那個人本身，還包括所有有關他的事物哦！聽到這樣的告白是不是很幸福呢？

獨家小提醒

當別人問你「喜歡某種食物嗎？」時，你不一定會說「討厭」，也許只是想說「不喜歡」。那該怎麼說呢？其實就跟第一課學到的否定用法一樣哦！還記得嗎？只要把最後的「です」改成「ではありません」就可以了！

單字補充站

喜歡的與討厭的東西

• 葱 [1] 蔥	• カード [1] 卡片	• 頭痛 [0] 頭痛
• 宿題 [0] 作業	• 休み [3] 休假	• ニキビ [1] 青春痘
• ブランド [0] 名牌	• クッキー [1] 餅乾	• 縫いぐるみ [0] 玩偶
• 運動 [0] 運動	• ピーマン [1] 青椒	• 甘いもの [0] 甜食
• 音楽 [1] 音樂	• 魚 [0] 魚	• クモ [1] 蜘蛛
• ゴキブリ [0] 蟑螂	• ペット [1] 寵物	• お茶 [0] 茶
• コーヒー [3] 咖啡	• 仕事 [0] 工作	• お金 [0] 金錢
• 目玉焼き [0] 荷包蛋	• ポテトチップス [4] 洋芋片	• 色鉛筆 [3] 色鉛筆
• 絵本 [2] 繪本	• クロワッサン [3] 可頌麵包	• エッグタルト [4] 蛋塔

日文的助詞「が」除了可以表示喜好之外，也可以表示能力哦！你可以用日文說「我會做料理」，當你這本書看到這裡了，也可以大聲地對別人說「我會日文」囉！怎麼說呢？只要把前面學的基本句型1最後面的「好きです」改成「できます」就好了，其它的部分都完全不用改哦！是不是很簡單呢？讓我們來看看這個句型吧！

基本句型2

【句型：私は　　某事物　　ができます。】

・私は水泳ができます。	▶我會游泳。
・私は料理ができます。	▶我會做菜。
・私はギターができます。	▶我會彈吉他。
・私はダンスができます。	▶我會跳舞。
・私は手作りができます。	▶我會作手工藝。
・私は運転ができます。	▶我會開車。

獨家小提醒

喜歡某事物，並不代表你會做那件事，有時候我們只是喜歡看別人做。就像很多人都說喜歡棒球「私は野球が好きです」，但大家真的會打棒球嗎？其實未必哦！有的人只喜歡看，那日文該如何表現你只是愛看呢？很簡單，你只要說，「私は野球がを見るのが好きです」也就是「我喜歡看別人打球」。

單字補充站

各種能力

• ヨガ ① 瑜珈	• ウクレレ ⓪ 烏克麗麗	• 絵 ① 畫畫
• 英語 ⓪ 英文	• ギター ① 吉他	• ピアノ ⓪ 鋼琴
• パズル ① 拼圖	• 日本語 ⓪ 日文	• ダンス ① 跳舞
• スキー ② 滑雪	• 手作り ⓪ 手工藝	• 運転 ⓪ 開車
• 野球 ⓪ 棒球	• サッカー ① 足球	• バドミントン ③ 羽球

　　接下來，讓我們把上面的句子後面的「できます」換成「上手です」看看。小小的替換，卻可以有大大的變化哦！現在這個句子的中文意思，就會變成「擅長某事物」的意思啦！你也可以把這一課的能力相關單字放進這個句子來替換練習哦！

基本句型3

【私は　某事物　が上手です。】

• 私は料理が上手です。	▶我很會做菜。
• 私は絵が上手です。	▶我很會畫畫。

獨家小提醒

　　「上手」的相反詞，你知道是什麼嗎？很好記哦！上的相反是下，所以不擅長的日文就是「下手」。所以，如果你想表示自己不擅長某事物，只要把後面的「上手」換成「下手」就可以了！例：私はダンスが下手です。（我不擅長跳舞。）

一、自我介紹升級版2.0

還記得嗎？在第一課時，就學過簡易版的自我介紹了！現在又學會了更多句型，可以告訴朋友你的喜好，還能進一步把自己的興趣也分享給身邊的朋友哦！快來試試看吧！

はじめまして、私は＿＿＿＿＿＿＿＿＿＿＿＿＿です。

私は＿＿＿＿＿＿＿＿＿＿＿＿＿＿＿＿＿座です。

私のかばんの中に＿＿＿＿＿＿＿＿＿があります。

＿＿＿＿＿＿＿＿＿＿＿＿＿＿＿が好きです。

＿＿＿＿＿＿＿＿＿＿＿＿＿＿＿が嫌いです。

＿＿＿＿＿＿＿＿＿＿＿＿＿＿＿が上手です。

どうぞよろしくお願いします

二、是非題：下列句子中，文法正確的句子打「O」，錯誤的打「X」。

01 私はコーヒーの好きです。（　　）

02 私は葱が嫌いです。（　　）

03 私がお茶は好きです。（　　）

04 私はダンスが上手です。（　　）

05 私はゴキブリが好きくないです。（　　）

06 私はミルク好きです。（　　）

07 私は水泳が上手ます。（　　）

08 私はお茶が好きではありません。（　　）

09 私はゴキブリが嫌いです。（　　）

10 私は料理が嫌くないです。（　　）

三、句子重組

01 私　好さ　は　です　水泳　が

02 料理　私は　が　です　上手

03 が　嫌い　私　は　ピーマン　です

04 では　私　は　好き　が　ビアノ　ありません

05 下手　が　は　私　運転　です

06 は　私　ヨガ　上手　ありません　では　が

四、翻譯題，將下列句子翻成日文或中文。

01 我喜歡禮物。

02 私はピアノが下手です。

03 私は葱が嫌いです。

04 私はサンドイッチが好きです。

05 我不擅長滑雪。

06 我討厭荷包蛋。

07 私はパズルが好きです。

08 我喜歡寵物。

09 我不喜歡作業。

10 私はピーマンが嫌いではありません。

11 我很會彈烏克麗麗。

12 私はミルクが好きです。

13 我討厭青春痘。

14 私は水泳が下手です。

15 私は英語ができます。

16 我不討厭工作。

17 我喜歡卡片。

18 我會開車。

19 私はピアノができます。

20 私は歌が好きではありません。

一、自我介紹升級版**2.0**（請自行作答）

二、是非題：下列句子中，文法正確的句子打「**O**」，錯誤的打「**X**」。

01 私はコーヒーの好きです。(X)

02 私は葱が嫌いです。(O)

03 私がお茶は好きです。(X)

04 私はダンスが上手です。(O)

05 私はゴキブリが好きくないです。(X)

06 私はミルク好きです。(X)

07 私は水泳が上手ます。(X)

08 私はお茶が好きではありません。(O)

09 私はゴキブリが嫌いです。(O)

10 私は料理が嫌くないです。(X)

正確的說法應該是這樣才對喔！

01 私はコーヒーが好きです。

03 私はお茶が好きです。

05 私はゴキブリが好きではありません。

06 私はミルクが好きです。

07 私は水泳が上手です。

10 私は料理が嫌いではありません。

三、句子重組

01 私 好き は です 水泳 が ⇨ 私は水泳が好きです。

02 料理 私は が です 上手 ⇨ 私は料理が上手です。

03 が 嫌い 私 は ピーマン です ⇨ 私はピーマンが嫌いです。

04 では　私　は　好き　が　ビアノ　ありません
⇨ 私はビアノが好きではありません。

05 下手　が　は　私　運転　です　⇨ 私は運転が下手です。

06 は　私　ヨガ　上手　ありません　では　が
⇨ 私はヨガが上手ではありません。

四、翻譯題，將下列句子翻成日文或中文。

01 我喜歡禮物。⇨ 私はプレゼントが好きです。

02 私はピアノが下手です。⇨ 我不擅長鋼琴。

03 私は葱が嫌いです。⇨ 我討厭青蔥。

04 私はサンドイッチが好きです。⇨ 我喜歡三明治。

05 我不擅長滑雪。⇨ 私はスキーが下手です。

06 我討厭荷包蛋。⇨ 私は目玉焼きが嫌いです。

07 私はパズルが好きです。⇨ 我喜歡拼圖。

08 我喜歡寵物。⇨ 私はペットが好きです。

09 我不喜歡作業。⇨ 私は宿題が好きではありません。

10 私はピーマンが嫌いではありません。⇨ 我不討厭青椒。

11 我很會彈烏克麗麗。⇨ 私はウクレレが上手です。

12 私はミルクが好きです。⇨ 我喜歡牛奶。

13 我討厭青春痘。⇨ 私はニキビが嫌いです。

14 私は水泳が下手です。⇨ 我不擅長游泳。

15 私は英語ができます。⇨ 我會英文。

16 我不討厭工作。⇨ 私は仕事が嫌いではありません。

17 我喜歡卡片。⇨ 私はカードが好きです。

18 我會開車。⇨ 私は運転ができます。

19 私はピアノができます。⇨ 我會彈鋼琴。

20 私は歌が好きではありません。⇨ 我不喜歡唱歌。

一、下面是スティッチさん這次去旅行要帶的東西清單，請用「～に～があります」的句型，寫出スティッチさん的包包裡有什麼吧！

MY LIST

例 地圖

01 記事本　　05 化妝品　　09 紙巾
02 雜誌　　　06 襪子　　　10 雨傘
03 禮物　　　07 旅遊書
04 相機　　　08 襯衫

例 かばんの中に地図があります。

01

02

03

04

05

06

07

08

09

10

二、請完成下面的句子

01 私は日本 ⋯⋯⋯⋯⋯⋯ 来ました。

02 私は料理 ⋯⋯⋯⋯⋯⋯ できます。

03 私は甘いもの ⋯⋯⋯⋯⋯⋯ 好きです。

04 デパートは11時 ⋯⋯⋯⋯⋯ 9時 ⋯⋯⋯⋯ です。

05 ここは映画館 ⋯⋯⋯⋯⋯⋯ ありません。

06 教室の中 _____ 学生 _____ います。

07 私はウクレレ _____ 上手です。

08 レストラン _____ そこです。

09 テレビの上 _____ メッセージが _____ 。

10 私は卓球 _____ 嫌い _____ ありません。

三、句子重組

01 下手 は が 運転 私 です

_____

02 私 好き です は 水泳 が

_____

03 車 郵便局 が の あります 前 に

_____

04 に 冷蔵庫 中 の あります ミルク が

_____

05 が 私 犬 います は

_____

06 では 私 は 好き が クモ ありません

_____

07 トイレ　ありません　ここ　は　では

08 は　9時から　スーパー　です　5時まで

09 できます　私　日本語　は　が

10 か　あります　ミルク　が

四、將以下的句子翻譯成中文或日文

01 椅子下面有眼鏡。

02 車の後ろに人がいます。

03 冷蔵庫の中に何がありますか。

04 我喜歡禮物。

05 私はゴキブリが嫌いです。

06 我很會做菜。

07 我討厭蔥。

08 私はペットが好きです。

09 私は宿題が好きではありません。

10 私は運動が下手です。

五、請判斷下列的句子是否正確

01 財布の中に何がありますか。（　　　）

02 私はギターのできます。（　　　）

03 私は犬があります。（　　　）

04 教室の中は学生がいます。（　　　）

05 私は料理が下手です。（　　　）

一、下面是スティッチさん這次去旅行要帶的東西清單，請用「～
に～があります」的句型，寫出スティッチさん的包包裡有什
麼吧！

01 かばんの中に手帳があります。

02 かばんの中に雑誌があります。

03 かばんの中にプレゼントがあります。

04 かばんの中にカメラがあります。

05 かばんの中に化粧品があります。

06 かばんの中に靴下があります。

07 かばんの中に旅行の本があります。

08 かばんの中にシャツがあります。

09 かばんの中にティッシュがあります。

10 かばんの中に傘があります。

二、請完成下面的句子

01 私は日本 から 来ました。

02 私は料理 が できます。

03 私は甘いもの が 好きです。

04 デパートは11時 から 9時 まで です。

05 ここは映画館 では ありません。

06 教室の中 に 学生 が います。

07 私はウクレレ が 上手です。

08 レストラン は そこです。

09 テレビの上 に メッセージが あります 。

10 私は料理 が 嫌い では ありません。

三、句子重組

01 私は運転が下手です。

02 私は水泳が好きです。

03 郵便局の前に車があります。

04 冷蔵庫の中にミルクがあります。

05 私は犬がいます。

06 私はクモが好きではありません。

07 ここはトイレではありません。

08 スーパーは９時から５時までです。

09 私は日本語ができます。

10 ミルクがありますか。

四、將以下的句子翻譯成中文或日文

01 椅子下面有眼鏡。 ⇨ 椅子の下に眼鏡があります。

02 車の後ろに人がいます。 ⇨ 車子的後面有人。

03 冷蔵庫の中に何がありますか。 ⇨ 冰箱裡面有什麼呢？

04 我喜歡禮物。⇨ 私はプレゼントが好きです。

05 私はゴキブリが嫌いです。⇨ 我討厭蟑螂。

06 我很會做菜。⇨ 私は料理が上手です。

07 我討厭蔥。⇨ 私はねぎが嫌いです。

08 私はペットが好きです。⇨ 我喜歡寵物。

09 私は宿題が好きではありません。⇨ 我不喜歡作業。

10 私は運動下手です。⇨ 我不擅長運動。

五、請判斷下列的句子是否正確

01 財布の中に何がありますか。（○）

02 私はギターのできます。（×）

03 私は犬があります。（×）

04 教室の中は学生がいます。（×）

05 私は料理が下手です。（○）

正確寫法應該是這樣才對！

02 私はギターができます。

03 私は犬がいます。

04 教室の中に学生がいます。

Lesson **8**

動詞I類、II類、III類

學習重點 日文動詞三分類一次學起來

你們知道嗎？日常生活中與朋友對話時，所用到的日文是有些差異的。這一課就要教大家最日常生活化的日文用法哦！首先我們必須學會日文動詞的原形，也就是字典上能找到的字典形。

★動詞原形輕鬆學

• 動詞分三類

首先先讓大家對動詞有一個基本的認識，只要記住一個原則：所有的動詞，只要是原形（字典形），那它的字尾一定是u段音。什麼是u段音？就是母音是u的，例如：ku（く）、su（す）、tsu（つ）、ru（る）等等。只要這個基本觀念你能記住，你就能輕易地分辨出誰是動詞囉！

接下來讓我們一起來認識動詞的詳細分類吧！我用刪去法的方式來讓大家比較容易理解及記憶。

1. 第三類動詞

這類動詞是最容易分辨的，所以我把它擺在第一個說明！只要動詞是「～する」結尾的動詞或是「来る」這個動詞，就是屬於第三類動詞喔！

・<ruby>勉強<rt>べんきょう</rt></ruby>する	▶唸書
・<ruby>来<rt>く</rt></ruby>る	▶來
・<ruby>結婚<rt>けっこん</rt></ruby>する	▶結婚
・<ruby>運動<rt>うんどう</rt></ruby>する	▶運動
・<ruby>散歩<rt>さんぽ</rt></ruby>する	▶散步

2. 第二類動詞（上下一段動詞）

接卜來第二類動詞，也有人稱它為上下一段動詞。它只要符合兩個條件就可以囉！

❶ 字尾是る。

❷ 倒數第二個字是i或e段音。

我們用右圖來看就可以很簡單的理解囉！這也是它另一個名字，上下一段動詞的由來。

a

i　　從上面數第2個，
　　　i 為上一段

u ＋ る

e　　從下面數第2個，
　　　e 為下一段

o

⇒ 即 i 或 e 段音

111

3. 第一類動詞（五段動詞）

這類動詞雖然是最複雜的，但是只要掌握兩個重點就一點都不難喔！

❶ 字尾不是る

當你遇到動詞時，只要它的字尾不是る，那你就可以非常容易地把它歸類到第一類動詞囉！記住這個口訣：只要字尾非る，即一類。

❷ 字尾是る時，倒數第二字是
　a段、u段、o段音的字。

還記得剛剛跟大家說明第二類動詞（上下一段動詞）的時候，我跟大家說過第二類動詞的特色是什麼嗎？沒錯哦！就是①字尾是る。②倒數第二個字是i或e段音。剩下的就是第一類動詞囉！是不是很簡單呢？大家可以參考右圖會更清楚哦！

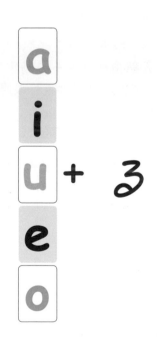

標示淺色色塊的部分是第二類動詞，那剩下的部分就是第一類動詞！即橙色字的部分a、u、o段音哦！

以上就是動詞的三種分類哦！都了解了嗎？如果還是不太清楚的話，老師再用簡易的圖表讓大家再整理一下思緒哦！

當你遇到動詞時，先看它是不是る結尾。（有點像在做心理測驗的感覺……）

獨家小提醒

⑤ vs ⑤ 大比拼

⑤ ⇒ 如果它字尾不是る，即第一類動詞

⇒ 如果它字尾是る……

る ⎰ • ～する　来る　⇒ 即第三類動詞
　 ⎨ • 倒數第二個字是 i 或 e 段音　⇒ 即第二類動詞
　 ⎩ • 倒數第二個字是 a 或 u 或 o 段音　⇒ 即第一類動詞

單字補充站

日常單字

• 食（た）べる ② 吃	• 買（か）う ⓪ 買	• 来（く）る ① 來
• 飲（の）む ① 喝	• 売（う）る ⓪ 賣	• 行（い）く ⓪ 去
• 終（お）わる ⓪ 結束	• 見（み）る ① 看	• 書（か）く ① 寫
• 始（はじ）まる ⓪ 開始	• 聞（き）く ⓪ 聽	• 読（よ）む ① 閱讀
• 撮（と）る ① 拍照	• 貸（か）す ⓪ 借給別人	• 運動（うんどう）する ⓪ 運動
• 取（と）る ① 拿	• 借（か）りる ⓪ 向人借	• 送（おく）る ⓪ 寄

113

動詞會了之後，把它寫成實用句子吧！這些句子都是很常用的句子哦！

・私はラーメンを食べる。	▶我要吃拉麵
・台風が来る。	▶颱風要來了。
・授業が始まる。	▶開始上課。
・日本語を勉強する。	▶唸日文。
・毎日運動する。	▶每天運動。
・写真を撮る。	▶拍照。
・手紙を送る。	▶寄信。
・カードを書く。	▶寫卡片。

　　當説話的對象是長輩或是不太熟悉的人，還有在比較正式的場合，例如公司或是演講等，我們就會使用ます形哦！那ます形又是怎麼變來的呢？只要大家都能記得分類，接下來就要教大家怎麼變囉！因為變化的時候是根據分類而有不同的變化方式。但是大家別擔心，老師會教大家最好記的方式，就跟著老師繼續往下學吧！

1. 第三類動詞的變化方式

　　我們一樣從第三類動詞開始，這類的動詞只有兩種，變化方式也是固定的，只能把它記下來了！幫大家整理成下列表格。

くる	きます
運動する	運動します

　　如上圖所示，くる變成きます，而運動する變成運動します，這就是ます形！也就是所謂的**禮貌形**。這類動詞是固定這樣變化

的，是不是很簡單呢？那試試看下面這個動詞吧！「結婚する」它
的**ます形**是什麼呢？

→ ....　　　　解答：結婚**します**

2. 第二類動詞的變化方式

再來是非常單純好記的第二類動詞！超級簡單哦！

たべる	たべ**ます**

如上圖所示，只要把**る**拿掉＋**ます**，這就是**ます形**！也就是所謂
的**禮貌形**。那試試看這個動詞吧！「みる」它的**ます形**是什麼呢？

→ ....　　　　解答：み**ます**

3. 第一類動詞的變化方式

最後是第一類動詞！其實這類動詞也不會很難哦！

の**む** mu	の **み** ＋ **ます** mi

如上圖所示，將最後一個字改成「i段音」＋**ます**就是**ます形**！
也就是所謂的**禮貌形**。沒有想像中的困難吧！

獨家小提醒

動詞的分類一般而言只要按照本課的方式，就能夠分辨囉！不
過，要注意的是有幾個例外的動詞，它們雖然外表看起來像第
二類，但它們卻是歸在第一類哦！
例如：「知る」（知道）、「帰る」（回去）、「切る」（切）要
特別記下來哦！

一、以下的日文哪些是動詞呢？你能把它們通通找出來嗎？

たべる　　のむ　　あかり　　たべもの

こおり　　こおる　　いく

とる　　でる　　でいり　　すし

する　　うごき　　あそぶ　　いい

かす　　たつ

二、請將下列的動詞分類吧！
　　它們是屬於第一、第二，還是第三類呢？

01 のむ　　　　　　　06 とる

02 たべる　　　　　　07 かう

03 くる　　　　　　　08 みる

04 おわる　　　　　　09 べんきょうする

05 うんどうする　　　10 とぶ

11 つくる

12 のる

13 かりる

14 かす

15 わかる

16 える

三、把動詞原形變成ます形看看吧！

01 飲^のむ ⇨ ……………………………………………… ます

02 食^たべる ⇨ ……………………………………………… ます

03 来^くる ⇨ ……………………………………………… ます

04 終^おわる ⇨ ……………………………………………… ます

05 運動^{うんどう}する ⇨ ……………………………………… ます

06 撮^とる ⇨ ……………………………………………… ます

07 買^かう ⇨ ……………………………………………… ます

08 見^みる ⇨ ……………………………………………… ます

一、以下的日文哪些是動詞呢？你能把它們通通找出來嗎？

たべる　のむ　こおる　いく　とる

でる　する　あそぶ　かす　たつ

二、請將下列的動詞分類吧！

它們是屬於第一、第二，還是第三類呢？

01 のむ ⇨ 一 　　**09** べんきょうする ⇨ 三

02 たべる ⇨ 二 　　**10** とぶ ⇨ 一

03 くる ⇨ 三 　　**11** つくる ⇨ 一

04 おわる ⇨ 一 　　**12** のる ⇨ 一

05 うんどうする ⇨ 三 　　**13** かりる ⇨ 二

06 とる ⇨ 一 　　**14** かす ⇨ 一

07 かう ⇨ 一 　　**15** わかる ⇨ 一

08 みる ⇨ 二 　　**16** える ⇨ 二

三、把動詞原型變成ます型看看吧！

01 飲む ⇨ のみます 　　**05** 運動する

　　　　　　　　　　　⇨ うんどうします

02 食べる ⇨ たべます 　　**06** 撮る ⇨ とります

03 来る ⇨ きます 　　**07** 買う ⇨ かいます

04 終わる ⇨ おわります 　　**08** 見る ⇨ みます

Lesson 9

老師親自授課，
\ QRcode隨掃隨學！/

私は**場所**へ行きます。

學習重點 日本旅遊必備句型

　　要去某個地方的時候，用日文怎麼説呢？日文表示方向的助詞是「へ」，在句子中必須放在你要去的場所後面。要注意的是，它在句子裡出現時，當助詞使用，唸作「/e/」，而不是唸作「/he/」，要小心別唸錯囉！把前面學過的單字一併拿來練習説説看吧！

基本句型1

【句型：私(わたし)は　場所　へ行(い)きます。】

・私(わたし)は映画館(えいがかん)へ行(い)きます。	▶我要去電影院。
・あなたはどこへ行(い)きますか。	▶你要去哪裡呢？
・私(わたし)はトイレへ行(い)きます。	▶我要去廁所。
・私(わたし)は会社(かいしゃ)へ行(い)きます。	▶我要去公司。

獨家小提醒

日文的問路，跟中文有點不一樣喔！例如：若你想問電影院怎麼走，中文通常會比較直接，問「請問電影院怎麼走？」但是日文會比較婉轉，會說「私(わたし)は映画館(えいがかん)へ行(い)きたいんですが...」（我想去電影院……）。如果不懂他們習慣，會不會覺得很奇怪，「想去就去啊！為什麼要跟別人說呢？」原來，這就是日本人比較不直接的問路法哦！記住了嗎？

中文的動詞裡有分吃、喝，日文當然也有分喔！

基本句型2

【句型：私は　名詞　を食べます／飲みます。】

・私はパンを食べます。	▶我要吃麵包。
・私はジュースを飲みます。	▶我要喝果汁。
・私はサンドイッチを食べます。	▶我要吃三明治。
・私は朝ごはんを食べます。	▶我要吃早餐。
・私は薬を飲みます。	▶我要吃藥。
・私はミルクティーを飲みます。	▶我要喝奶茶。
・私はココアを飲みます。	▶我要喝可可亞。

單字補充站

食物與飲料

・ココア ① 可可亞	・抹茶 ⓪ 抹茶	・コーラ ① 可樂
・朝ごはん ③ 早餐	・昼ごはん ③ 午餐	・晩ごはん ③ 晚餐
・夜食 ⓪ 宵夜	・薬 ⓪ 藥	・紅茶 ⓪ 紅茶
・ジュース ① 果汁	・ハンバーガー ③ 漢堡	・ビール ① 啤酒

獨家小提醒

日文的「食べます」跟「飲みます」，就像中文的「吃」和「喝」一樣哦！很簡單吧！不過，有一種情況不太一樣哦！中文說「吃藥」，日文該怎麼說呢？日文是寫成「喝藥」，即「薬を飲みます」，可別說錯囉！其實你只要想像一下：吃藥的時候，不管是粉狀或錠狀，幾乎都要配水，就不難聯想日文為什麼要用「飲む」（喝）這個字了！

如果你要表達否定，說你「沒有吃某個東西」，也不難哦！只要把「食べます」、「飲みます」的「ます」改成「ません」，就變成否定囉！所以，如果我不喝咖啡，日文就會說「私はコーヒーを飲みません」。沒錯，就是這麼簡單哦！所有的動詞都是這樣改的！

　　我們再來讓會話能力更提升一點吧！中文常常說「我要去哪邊、做什麼……」，例如「我要去外面吃飯」之類的。像這麼常用的句子，日文會很難嗎？請放心哦，真的是超級簡單的啦！

基本句型3

【句型：私は　場所　へ　動詞ます　に　行きます。】

　　「に」是這個句型裡的重點，表示你去某地方的目的。至於「に」前面的動詞，該怎麼變化呢？很簡單喔！只要先寫出動詞的ます形，再把「ます」拿掉，留下動詞剩下的部分，就可以了！例：「我要去外面吃飯」這個有一點點長的句子，怎麼從最容易的句子演變而來呢？

私は　外へ↑行きます。　　我要去外面。

ご飯を食べますに　　　目的：吃飯

把要吃飯這個目的放在外へ和行きます之間，合在一起就是「私は外へご飯を食べに行きます。」，也就是「我要去外面吃飯」啦！

・私は郵便局へ手紙を送りに行きます。	▶我要去郵局寄信。
・私はアメリカへ勉強に行きます。	▶我要去美國留學。
・私は図書館へ本を借りに行きます。	▶我要去圖書館借書。
・私はジムへスポーツをしに行きます。	▶我要去健身房運動。
・私はデパートへショッピングしに行きます。	▶我要去百貨公司購物。

單字補充站

常用日文動詞

・映画[0]を見ます[2]　看電影	・本[1]を読みます[3]　看書
・スポーツ[2]をします[2]　運動	・手紙[0]を送ります[4]　寄信
・ショッピング[1]します[2]　買東西	・写真[0]を撮ります[3]　拍照
・絵[1]を描きます[3]　畫畫	・絵[1]を見ます[2]　看畫
・温泉[0]に入ります[4]　泡湯	・洋服[0]を買います[3]　買衣服
・山[2]に登ります[4]　爬山	・スキー[2]をします[2]　滑雪
・日記[0]を書きます[3]　寫日記	・音楽[1]を聞きます[3]　聽音樂
・彼女[1]に会います[3]　和女朋友見面	・本[1]を借ります[3]　借書

獨家小提醒

中文的「看」沒有特別區分，不管是看書或看電影，都是用「看」這個動詞。但是，日文卻不是如此哦！日文的看有分「見ます」和「読みます」。「見ます」是用在視覺方面的，例如：電影、煙火……。而「読みます」則是用在閱讀文字方面的，例如：書本、小說……。

我們在上一課學會了動詞原形，也知道ます形是怎麼來的，接下來我們把ます形可以用到的其他句型也幫人家整理一下吧！

【句型：動詞 ~~ます~~ ＋たいです。】

基本句型4

動詞加上表達希望、想要的たい，可以用來告訴對方我想做的事情。

・ラーメンを食べたいです。	▶我想吃拉麵。
・ミルクティーを飲みたいです。	▶我想喝奶茶。
・写真を撮りたいです。	▶我想拍照。

另外，補充一下想要什麼東西的用法吧！當你想表達你想要某件東西時，就可以使用這個句型哦！「名詞＋が＋ほしいです」這個句型其實可以用的範圍很廣哦！你不只可以説「お金がほしいです（我想要錢！）」，也可以説「時間がほしいです（我想要時間！）」，甚至還能説「恋人がほしいです（我想要戀人！）」。會了這個句型你就可以跟聖誕老公公許願囉！

一、連連看：將左邊的名詞，連到適合的動詞

パン ・

薬 ・　　　　　　　　　　　　　　　・ 食べます

テレビ ・

夜食 ・　　　　　　　　　　　　　　・ 読みます

写真 ・

コーラ ・　　　　　　　　　　　　　・ 撮ります

小説 ・

映画 ・　　　　　　　　　　　　　　・ 飲みます

ラーメン ・

ビール ・　　　　　　　　　　　　　・ します

スポーツ ・

ミルク ・　　　　　　　　　　　　　・ 見ます

二、重組句子

01 ご飯　私　を　食べます　は

----

02 学校　何をしに　へ　行きますか

----

03 見に　私は　映画館へ　映画を　行きます

04 ショッピングしに　　私　デパート　は　行きます　へ

05 ジュース　は　私　を　飲みます

06 写真　を　私　は　撮ります

07 ミルク　私　を　飲みます　は

08 私　コーラ　は　を　飲みません

09 スポーツを　は　私　します

10 外へ　は　ご飯　私　食べに　を　行きます

三、完成句子

01 私 ⎯⎯⎯ 公園 ⎯⎯⎯ スポーツをし ⎯⎯⎯ 行きます。

02 私はコーヒーを ⎯⎯⎯ 。

03 私は映画を ⎯⎯⎯ 。

04 私 ⎯⎯⎯ 図書館 ⎯⎯⎯ 本 ⎯⎯⎯ 読みに行きます。

05 学校 ⎯⎯⎯ 何 ⎯⎯⎯ し ⎯⎯⎯ 行きますか。

06 私は新聞を ⎯⎯⎯ 。

07 私は写真を ⎯⎯⎯ 。

08 私は薬を ⎯⎯⎯ 。

09 私は山 ⎯⎯⎯ 登ります。

10 私は映画館 ⎯⎯⎯ 行きます。

四、翻譯題，將下列句子翻成日文或中文。

01 我要去郵局寄信。

⎯⎯⎯⎯⎯⎯⎯⎯⎯⎯⎯⎯⎯⎯⎯⎯⎯⎯⎯⎯⎯⎯⎯⎯⎯⎯⎯⎯⎯⎯⎯

02 我要吃藥。

⎯⎯⎯⎯⎯⎯⎯⎯⎯⎯⎯⎯⎯⎯⎯⎯⎯⎯⎯⎯⎯⎯⎯⎯⎯⎯⎯⎯⎯⎯⎯

03 我不喝牛奶。

⎯⎯⎯⎯⎯⎯⎯⎯⎯⎯⎯⎯⎯⎯⎯⎯⎯⎯⎯⎯⎯⎯⎯⎯⎯⎯⎯⎯⎯⎯⎯

04 我要去公園拍照。

05 我要去百貨公司。

06 私は新聞を読みます。

07 私は美術館へ絵を見に行きます。

08 私は外へ昼ごはんを食べに行きます。

09 私はピーマンを食べません。

10 私は山に登ります。

11 我不吃蔥。

五、將下列的動詞句子加上「たいです」看看吧！

例 写真を撮ります ⇨ 写真を撮りたいです。

01 映画を見ます。

---

02 手紙を送ります。

---

03 ショッピングします。

---

04 本を読みます。

---

05 温泉に入ります。

---

06 日記を書きます。

---

07 音楽を聞きます。

答え
解答看這裡

一、連連看：將左邊的名詞，連到適合的動詞

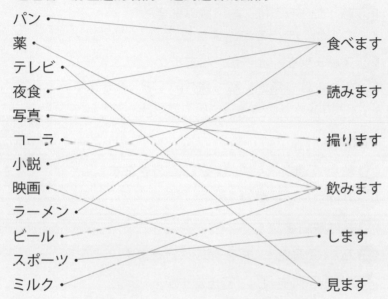

パン・　　　　　　　　　　　　　　　・食べます

薬・

テレビ・

夜食・　　　　　　　　　　　　　　　・読みます

写真・

コーラ・　　　　　　　　　　　　　　・撮ります

小説・

映画・　　　　　　　　　　　　　　　・飲みます

ラーメン・

ビール・　　　　　　　　　　　　　　・します

スポーツ・

ミルク・　　　　　　　　　　　　　　・見ます

二、重組句子

01 ご飯　私　を　食べます　は ⇨ 私はご飯を食べます。

02 学校　何をしに　へ　行きますか
　　⇨ 学校へ何をしに行きますか。

03 見に　私は　映画館へ　映画を　行きます
　　⇨ 私は映画館へ映画を見に行きます。

04 ショッピングしに　　私　デパート　は　行きます　へ
　　⇨ 私はデパートへショッピングしに行きます。

05 ジュース　は　私　を　飲みます
　　⇨ 私はジュースを飲みます。

06 写真　を　私　は　撮ります ⇨ 私は写真を撮ります。

07 ミルク　私　を　飲みます　は ⇨ 私はミルクを飲みます。

08 私　コーラ　は　を　飲みません
　　⇨ 私はコーラを飲みません。

09 スポーツを　は　私　します ⇨ 私はスポーツをします。

10 外へ　は　ご飯　私　食べに　を　行きます
　　⇨ 私は外へご飯を食べに行きます。

三、完成句子

01 私 は 公園 へ スポーツをし に 行きます。

02 私はコーヒーを 飲みます。

03 私は映画を 見ます 。

04 私 は 図書館 へ 本 を 読みに行きます。

05 学校 へ 何 を し に 行きますか。

06 私は新聞を 読みます。

07 私は写真を 撮ります。

08 私は薬を 飲みます。

09 私は山 に 登ります。

10 私は映画館 へ 行きます。

四、翻譯題，將下列句子翻成日文或中文。

01 我要去郵局寄信。 ⇨ 私は郵便局へ手紙を送りに行きます。

02 我要吃藥。 ⇨ 私は薬を飲みます。

03 我不喝牛奶。 ⇨ 私はミルクを飲みません。

04 我要去公園拍照。 ⇨ 私は公園へ写真を撮りに行きます。

05 我要去百貨公司。 ⇨ 私はデパートへ行きます。

06 私は新聞を読みます。 ⇨ 我要看報紙。

07 私は美術館へ絵を見に行きます。 ⇨ 我要去美術館看畫。

08 私は外へ昼ごはんを食べに行きます。

　　⇨ 我要去外面吃午餐。

09 私はピーマンを食べません。 ⇨ 我不吃青椒。

10 私は山に登ります。 ⇨ 我要登山。

11 我不吃蔥。⇨ 私は葱を食べません。

五、將下列的動詞句子加上「たいです」看看吧！

01 映画を見ます。 ⇨ 映画を見たいです。

02 手紙を送ります。 ⇨ 手紙を送りたいです。

03 ショッピングします。 ⇨ ショッピングしたいです。

04 本を読みます。 ⇨ 本を読みたいです。

05 温泉に入ります。 ⇨ 温泉に入りたいです。

06 日記を書きます。 ⇨ 日記を書きたいです。

07 音楽を聞きます。 ⇨ 音楽を聞きたいです。

老師親自授課，
\QRcode隨掃隨學！/

Lesson 10

ます、ません、ました、ませんでした

學習重點 快速理解日文動詞的時態

　　我們在上一課已經學了動詞的很多用法，大家還撐得下去吧！這一課即將要教大家如何使用動詞的各種時態，你是想表達現在要做什麼嗎？還是在寫日記時，回憶今天的種種呢？其實這些動詞的各種形態都不難哦！那就跟著老師繼續看下去吧！

- **私<small>わたし</small>は行<small>い</small>きます。** ▶我要去。
  →表達要進行的動作

- **私<small>わたし</small>は行<small>い</small>きません。** ▶我不要去。
  →表達不要進行的動作

- **私<small>わたし</small>は行<small>い</small>きました。** ▶我去了。
  →表達在過去的時間裡已經完成的動作

- **私<small>わたし</small>は行<small>い</small>きませんでした。** ▶我沒去。
  →表達過去的時間裡沒有進行的動作

　　另外，介紹一下日文的「今<small>いま</small>」這個單字。這個字它很神奇，會隨著你後面時態的不同，而改變它的意思喲！讓大家用例句來看，

就能輕易理解，一方面也可以知道日文的各種表現方式，讓你更容易地用日文表達你想表達的內容哦！

・<ruby>今<rt>いま</rt></ruby>、<ruby>行<rt>い</rt></ruby>きます。	▶我現在要去。
・<ruby>今<rt>いま</rt></ruby>、<ruby>行<rt>い</rt></ruby>きました。	▶我剛剛去了。
・<ruby>今<rt>いま</rt></ruby>、<ruby>食<rt>た</rt></ruby>べます。	▶我現在要吃。
・<ruby>今<rt>いま</rt></ruby>、<ruby>食<rt>た</rt></ruby>べました。	▶我剛剛吃了。
・<ruby>今<rt>いま</rt></ruby>、<ruby>書<rt>か</rt></ruby>きます。	▶我現在要寫。
・<ruby>今<rt>いま</rt></ruby>、<ruby>書<rt>か</rt></ruby>きました。	▶我剛剛寫了。

　同樣是「<ruby>今<rt>いま</rt></ruby>」，意思卻因為後面動詞的時態，而有現在或剛剛的意思，所以在解讀日文句子的時候，一定要看到最後才知道真正的意思哦！順便教大家一句很帥氣的日文：「<ruby>今<rt>いま</rt></ruby>を<ruby>生<rt>い</rt></ruby>きる。」（活在當下）。

單字補充站

常用時間單字

・<ruby>今日<rt>きょう</rt></ruby> 1　今天	・<ruby>明日<rt>あした</rt></ruby> 3　明天	・<ruby>明後日<rt>あさって</rt></ruby> 2　後天
・<ruby>昨日<rt>きのう</rt></ruby> 2　昨天	・<ruby>一昨日<rt>おととい</rt></ruby> 3　前天	・<ruby>今週<rt>こんしゅう</rt></ruby> 0　這週
・<ruby>来週<rt>らいしゅう</rt></ruby> 0　下週	・<ruby>先週<rt>せんしゅう</rt></ruby> 0　上週	・<ruby>今月<rt>こんげつ</rt></ruby> 0　這個月
・<ruby>来月<rt>らいげつ</rt></ruby> 1　下個月	・<ruby>先月<rt>せんげつ</rt></ruby> 1　這個月	・<ruby>今年<rt>ことし</rt></ruby> 0　今年
・<ruby>来年<rt>らいねん</rt></ruby> 0　明年	・<ruby>去年<rt>きょねん</rt></ruby> 1　去年	・<ruby>一昨年<rt>おととし</rt></ruby> 2　前年
・<ruby>今<rt>いま</rt></ruby> 1　現在／剛剛	・<ruby>今朝<rt>けさ</rt></ruby> 1　今天早上	・ゆうべ 0　昨天晚上

- 會話練習1：和朋友聊一聊你的小旅行吧！

・A：先週、日本へ行きました。これはお土産です。どうぞ。	▶上週我去了日本。這是小禮物！給你！
・B：ありがとうございます。羨ましいです。私も行きたいです。ディズニーランドへ行きましたか？	▶謝謝！好羨慕你哦！我也好想去！你有去迪士尼樂園嗎？
・A：いいえ、行きませんでした。	▶沒有！我沒去。
・B：そうですか。残念ですね。	▶是哦！好可惜！
・A：そうですね。でも、大丈夫です。来週また行きます。	▶對啊！不過沒關係，我下週還要再去！

- 會話練習2：和朋友聊一聊你的晚餐吧！

・A：昨日、どこへ行きましたか。	▶你昨天去哪裡啊？
・B：レストランへ行きました。	▶我去了餐廳。
・A：へえ、そうですか。誰と行きましたか。	▶是哦！和誰去的呢？
・B：妹と行きました。	▶和妹妹去的。
・A：何を食べましたか。	▶吃了什麼呢？
・B：日本料理を食べました。	▶吃了日本料理。
・A：いいですね。私も食べたいです。	▶好好哦！我也想吃！
・B：じゃ、今度一緒に食べましょう。	▶那下次一起吃吧！

チャレンジ
挑戰時刻

一、請依照中文意思，正確完成日文句子

01 明天要去百貨公司。

明日、デパートへ ....

02 上週看了電影。

先週、映画を ....

03 去年沒去日本。

去年、日本へ ....

04 昨天看了書。

昨日、本を ....

05 下週要買東西。

来週、ショッピング ....

06 昨天吃了蛋糕。

昨日、ケーキを ....

07 上週去了健身房。

先週、ジムへ ....

08 後天要拍照。

明後日、写真を ....

09 昨天沒去圖書館。

昨日、図書館へ ....

10 下個月要去美國。

来月、アメリカへ ....

11 昨天看了電視。

昨日、テレビを ....

12 明天要去超市。

明日、スーパーへ ....

答え
解答看這裡

一、請依照中文意思，正確完成日文句子

01 明天要去百貨公司。 ⇨ 明日、デパートへ行きます。

02 上週看了電影。 ⇨ 先週、映画を見ました。

03 去年沒去日本。 ⇨ 去年、日本へ行きませんでした。

04 昨天看了書。 ⇨ 昨日、本を読みました。

05 下週要買東西。 ⇨ 来週、ショッピングします。

06 昨天吃了蛋糕。 ⇨ 昨日、ケーキを食べました。

07 上週去了健身房。 ⇨ 先週、ジムへ行きました。

08 後天要拍照。 ⇨ 明後日、写真を撮ります。

09 昨天沒去圖書館。 ⇨ 昨日、図書館へ行きませんでした。

10 下個月要去美國。 ⇨ 来月、アメリカへ行きます。

11 昨天看了電視。 ⇨ 昨日、テレビを見ました。

12 明天要去超市。 ⇨ 明日、スーパーへ行きます。

一、請將下列句子寫成ます形吧！

01 私はミルクを飲む ⇨ _____

02 授業が始まる ⇨ _____

03 音楽を聞く ⇨ _____

04 私は日本料理を食べる ⇨ _____

05 写真を撮る ⇨ _____

06 手紙を書く ⇨ _____

07 ショッピングする ⇨ _____

08 デパートへ行く ⇨ _____

二、重組句子

01 外へ　私　ご飯　は　食べに　行きます　を

_____

02 見に　映画館へ　私は　行きます　映画を

_____

03 食べません　昨日　を　朝ごはん　でした

_____

04 デパート　行きます　へ　私　は

05 薬　私は　を　飲みません

06 ほしい　おもちゃ　が　私　です　は

07 山に　私　登りたい　は　です

08 小説　読みました　を　先週

三、完成句子

01 先週、映画＿＿＿＿＿見＿＿＿＿＿行きました。

02 私は山＿＿＿＿＿登りたいです。

03 明日、ラーメンを食べ＿＿＿＿＿行きます。

04 私は図書館＿＿＿＿＿本を借りに行きます。

05 私はお金＿＿＿＿＿ほしいです。

四、請寫出下列的動詞分類，並加上「たいです」

例 聞く（１）⇨ 聞きたいです

01 読む（　　）⇨

06 運動する（　　）⇨

02 見る（　　）⇨

07 終わる（　　）⇨

03 行く（　　）⇨

08 登る（　　）⇨

04 食べる（　　）⇨

09 撮る（　　）⇨

05 知る（　　）⇨

10 送る（　　）⇨

五、請把下列句子翻成日文或中文

01 我想去咖啡廳吃蛋糕。

02 我想要時間。

03 私は郵便局へ手紙を送りに行きます。

04 先週、新聞を読みませんでした。

05 我要去外面吃午餐。

06 私は薬を飲みません。

07 我想吃三明治。

08 去年我沒有去日本。

09 我要去圖書館借書。

10 私はビールを飲みます。

一、請將下列句子寫成ます型吧！

01 私はミルクを飲む ⇨ 私はミルクを飲みます。

02 授業が始まる ⇨ 授業が始まります。

03 音楽を聞く ⇨ 音楽を聞きます。

04 私は日本料理を食べる ⇨ 私は日本料理を食べます。

05 写真を撮る ⇨ 写真を撮ります。

06 手紙を書く ⇨ 手紙を書きます。

07 ショッピングする ⇨ ショッピングします。

08 デパートへ行く ⇨ デパートへ行きます。

二、重組句子

01 外へ　私　ご飯　は　食べに　行きます　を
⇨ 私は外へご飯を食べに行きます。

02 見に　映画館へ　私は　行きます　映画を
⇨ 私は映画館へ映画を見に行きます。

03 食べません　昨日　を　朝ごはん　でした
⇨ 昨日、朝ごはんを食べませんでした。

04 デパート　行きます　へ　私　は ⇨ 私はデパートへ行きます。

05 薬　私は　を　飲みません ⇨ 私は薬を飲みません。

06 ほしい　おもちゃ　が　私　です　は
⇨ 私はおもちゃがほしいです。

07 山に　私　登りたい　は　です ⇨ 私は山に登りたいです。

08 小説　読みました　を　先週 ⇨ 先週、小説を読みました。

三、完成句子

01 先週、映画を見に行きました。

02 私は山に登りたいです。

03 明日、ラーメンを食べに行きます。

04 私は図書館へ本を借りに行きます。

05 私はお金がほしいです。

四、請寫出下列的動詞分類，並加上「たいです」

01 読む（1）⇨ 読みたいです

02 見る（2）⇨ 見たいです

03 行く（1）⇨ 行きたいです

04 食べる（2）⇨ 食べたいです

05 知る（1）⇨ 知りたいです

06 運動する（3）⇨ 運動したいです

07 終わる（1）⇨ 終わりたいです

08 登る（1）⇨ 登りたいです

09 撮る（1）⇨ 撮りたいです

10 送る（1）⇨ 送りたいです

五、請把下列句子翻成日文或中文

01 我想去咖啡廳吃蛋糕。
⇨ 私は喫茶店へケーキを食べに行きたいです。

02 我想要時間。⇨ 私は時間がほしいです。

03 私は郵便局へ手紙を送りに行きます。⇨ 我要去郵局寄信。

04 先週、新聞を読みませんでした。⇨ 上週沒有看報紙。

05 我要去外面吃午餐。⇨ 私は外へ昼ごはんを食べに行きます。

06 私は薬を飲みません。⇨ 我不吃藥。

07 我想吃三明治。⇨ 私はサンドイッチを食べたいです。

08 去年我沒有去日本。⇨ 去年、私は日本へ行きませんでした。

09 我要去圖書館借書。⇨ 私は図書館へ本を借りに行きます。

10 私はビールを飲みます。⇨ 我要喝啤酒。

Part **3**

日本旅遊
萬用句

Unit **1**

初來乍到日本機場

　　來到日本機場，你不只要會說，也要會聽哦！不過你可以放心，在機場遇到的日文都不會太困難的！一起來聽聽看、說說看吧！

---

01 🔊 Track 002

にゅうこく もくてき なん
入国の目的は何ですか。

▶入境的目的是什麼呢？

---

02 🔊 Track 003

なんにちたいざい
何日滞在しますか。

▶你要待在這裡幾天呢？

---

03 🔊 Track 004

に ほんえん りょうがえ
すみません、日本円に両替したいんですが。

▶不好意思，我想換日幣。

---

04 🔊 Track 005

か わ せ
為替レートはどれぐらいですか。

▶匯率大概多少呢？

---

05 🔊 Track 006

て すうりょう
手数料はどれぐらいですか。

▶手續費是多少呢？

---

06 🔊 Track 007

くうこう い
空港からホテルまでどうやって行きますか。

▶從機場到飯店我該如何搭車呢？

---

07 🔊 Track 008

で ぐち
出口はどこですか。

▶出口在哪裡呢？

---

08 ◀╍ Track 009

スーツケースはどこで受_うけ取_とりますか。

▶我該去哪邊拿行李呢？

09 ◀╍ Track 010

リムジンバス乗_のり場_ばはどこですか。

▶機場巴士要在哪裡搭呢？

10 ◀╍ Track 011

リムジンバスの時刻表_{じこくひょう}をもらってもいいですか。

▶我可以索取機場巴士的時間表嗎？

11 ◀╍ Track 012

はい、どうぞ。

▶可以的，請拿。

12 ◀╍ Track 013

このホテルの近_{ちか}くに止_とまりますか。

▶請問有停靠在這間飯店附近嗎？

13 ◀╍ Track 014

次_{つぎ}のバスは何時_{なんじ}に出発_{しゅっぱつ}しますか。

▶下　班巴上，幾點發車呢？

14 ◀╍ Track 015

一枚_{いちまい}ください。

▶請給我一張（票）。

15 ◀╍ Track 016

新宿駅_{しんじゅくえき}に着_ついたら、教_{おし}えてくれますか。

▶到了新宿站，可以告訴我嗎？

16 ◀╍ Track 017

もうすぐです。次_{つぎ}の駅_{えき}です。

▶快到了。下一站就到了。

17 🔊 Track 018

新宿駅は過ぎましたか。

▶已經過了新宿站嗎？

18 🔊 Track 019

私はここで降ります。

▶我要在這裡下車。

神社和寺廟一樣嗎？

究竟「神社」和「寺廟」怎麼區分呢？其實這兩個很不一樣，供奉的神明也不一樣喔！「神社」是供奉代表神道的自然萬物神靈或皇室成員，而「寺廟」則是佛教的神明。另外一個最容易分辨的方法，就是「鳥居」！只要你有看到「鳥居」的話，那就是「神社」！

參拜前如果有看到洗水池，記得要先洗完手再參拜喔！怎麼洗呢？以右手拿起勺子舀起水，先洗左手，再以左手拿勺，洗右手。接著以右手持勺，將水倒入左手掌心中，用來漱口；最後將勺子立起，並且勺口朝內，讓勺子中剩餘的清水由上至下流下、清洗勺柄。要記住這些動作都要用「同一勺水」喔！所以不要一下子倒太多會不夠洗喔！參拜時會投錢，是投越多越好嗎？其實不是喔！一般他們會投5元日幣，因為日文的5元日幣是ごえん，和結緣、緣分的發音很像的關係。下次到日本去可以試試看，當一下日劇裡的男女主角吧！記得帶5元日幣在身上喔！

Unit 2

到飯店check in囉！

很順暢地從機場一路搭車到飯店了！可是到了飯店，該怎麼check in呢？如果除了check in還有什麼需求的話，該怎麼說呢？

01 🔊 Track 020

チェックインをお願いします。

▶我要辦理住房登記。

02 🔊 Track 021

パスポートを見せてください。

▶請出示您的護照。

03 🔊 Track 022

ここにサインしてください。

▶請在這邊簽名。

04 🔊 Track 023

こちらはカードキーでございます。

▶這是您的房間鑰匙卡。

05 🔊 Track 024

部屋のミネラルウォーターは無料です。

▶房間的礦泉水是免費的。

06 🔊 Track 025

一番近い地下鉄の駅はどこですか。

▶最近的地鐵站在哪裡呢？

07 🔊 Track 026

空港までシャトルバスがありますか。

▶有到機場的接駁車嗎？

08 Track 027

一時間おきに発車いたします。

▶每隔一小時發車。

09 Track 028

何時から何時までですか。

▶幾點到幾點呢？

10 Track 029

午前十時から午後七時までです。

▶從早上十點到晚上七點。

11 Track 030

では、予約します。

▶那我要預約。

12 Track 031

朝食は付いていますか。

▶有附早餐嗎？

13 Track 032

Wi-Fiがただで使えますか。

▶可以免費使用無線網路嗎？

14 Track 033

パスワードとか入力しますか。

▶要輸入密碼或什麼的嗎？

15 Track 034

パスワードを入力せずに、直接使えます。

▶不需要輸入密碼，直接就可以用了。

16 Track 035

ホテルの名刺をもらってもいいですか。

▶我可以拿飯店的名片嗎？

17 🔊 Track 036

この近<small>ちか</small>くにコンビニがありますか。

▶這附近有便利商店嗎？

18 🔊 Track 037

コンビニの行<small>い</small>き方<small>かた</small>を教<small>おし</small>えてもらえますか。

▶可以告訴我如何去便利商店嗎？

19 🔊 Track 038

ホテルの近<small>ちか</small>くに何<small>なに</small>か観光地<small>かんこうち</small>がありますか。

▶飯店附近有什麼可以觀光的地方嗎？

20 🔊 Track 039

近<small>ちか</small>くにお勧<small>すす</small>めのレストランがありますか。

▶這附近有推薦的餐廳嗎？

🔊 Track 040

飯店必備單字

• サービス料<small>りょう</small> ④	服務費	• バスタオル ③	浴巾
• 朝食付<small>ちょうしょくつ</small>き ⑥	附早餐	• 歯<small>は</small>ブラシ ②	牙刷
• 一括払<small>いっかつばら</small>い ⑤	一次付清	• エアコン ⓪	空調
• ポイントカード ⑤	集點卡	• エレベーター ③	電梯
• チェックイン ③	入住手續	• シングルルーム ⑤	單人房
• チェックアウト ④	退房手續	• ツインルーム ④	雙人房（一大床）
• Wi-Fi<small>ワイファイ</small> ①-① パスワード ③ 無線網路密碼		• ダブルルーム ④	雙人房（二床）
• ロビー ①	大廳		

Unit 3
搭車趴趴走囉！

　　飯店check in辦了，行李也放好了，接下來就是重頭戲啦！要搭日本的電車到處玩囉！日本電車每一條線都有不同的聲音，非常特別！臺灣的捷運也都有特殊的進、離站音樂。不過，萬一找不到路怎麼辦？別擔心，可以問路啊！

01 🔊 Track 041 いちにちじょうしゃけん　　　　　か 一日乗車券はどこで買いますか。	▶一日券要在哪裡買呢？
02 🔊 Track 042 トイレはどこですか。	▶廁所在哪裡呢？
03 🔊 Track 043 ちゅうごく　ご 中国語のパンフレットをください。	▶請給我中文的簡介。
04 🔊 Track 044 ジェーアール　　ろ せん ず ＪＲの路線図がありますか。	▶請問有JR的地圖嗎？
05 🔊 Track 045 ち か てつ　　ろ せん ず 地下鉄の路線図をください。	▶請給我地鐵的地圖。
06 🔊 Track 046 とうきょう　　　　　　　なんばん で 東京スカイツリーは何番出 ぐち 口ですか。	▶東京晴空塔是在幾號出口呢？

07 ◀ Track 047

三鷹の森ジブリ美術館の
チケットはどこで買います
か。

▶三鷹吉卜力美術館的門票
要去哪裡買呢？

08 ◀ Track 048

ここの花火大会はどこから
見るのが一番ですか。

▶這裡的煙火，要從哪裡看
才是最好的呢？

09 ◀ Track 049

この電車は原宿駅に止まり
ますか。

▶這班電車會停原宿站嗎？

10 ◀ Track 050

いいえ、止まりません。

▶不會停。

11 ◀ Track 051

向こうのホームへ行ってく
ださい。

▶請到對面的月台。

12 ◀ Track 052

どちらの電車に乗ればいい
ですか。

▶我該搭哪一班電車呢？

13 ◀ Track 053

お札を細かくしてくださ
い。

▶請幫我把鈔票換成零錢。

14 🔈 Track 054

山手線に乗り換えます。

▶要轉乘山手線。

---

15 🔈 Track 055

終電は何時ですか。

▶末班車是幾點呢？

---

16 🔈 Track 056

京都まで、新幹線の指定席券はいくらですか。

▶到京都的新幹線對號座位票要多少錢呢？

---

17 🔈 Track 057

東京から大阪まで、新幹線しか乗れないんですか。

▶從東京到大阪只能搭新幹線嗎？

---

18 🔈 Track 058

大阪への直行バスはありますか。

▶有往大阪的直達巴士嗎？

---

19 🔈 Track 059

大阪まで一番安いバスで行く方法はありますか。

▶去大阪搭巴士怎麼搭最便宜呢？

---

20 🔈 Track 060

夜行バスが一番安いです。

▶夜間巴士是最便宜的。

---

21 🔈 Track 061

大阪へは片道いくらですか。

▶往大阪單程要多少錢呢？

22 🔊 Track 062

大阪には何時に到着します
か。
おおさか　なんじ　とうちゃく

▶幾點會到大阪呢？

23 🔊 Track 063

帰りのバスはどこで乗るの
ですか。
かえ　　　　　　　　　　の

▶回程的巴士要從哪裡搭
呢？

24 🔊 Track 064

ここから京都まで何分ぐら
いかかりますか。
きょうと　　なんぷん

▶從這裡到京都要花多少時
間呢？

搭車小知識

　　大家去日本搭電車時，一定要注意的一件事，那就是絕對
不要在電車上通話哦！因為在電車上通話是非常沒有禮貌的行
為，因此如果你有注意觀察的話，會發現日本人都是用傳訊息
的方式哦！

　　另外，大家都知道在日本跟我們相反，開車是右邊駕駛
吧？因此在搭乘手扶梯時，也是跟我們相反，我們是靠右邊，
而他們是靠左邊。要記住才不會被他們撞到哦！

　　也要盡量避開上下班時間，大約是am7:00-9:00及
pm5:30-8:00這兩個時段，除非你想體驗變成沙丁魚罐頭的心
情，不然最好選擇其餘時間搭車，會有比較好的搭車體驗哦！

　　最後大家在搭乘日本的公車或巴士時，不用特地去換零
錢，他們的車上都附有找零的投幣機，是不是超貼心的設計
呢！

Unit 4

點餐不麻煩！

　　肚子咕咕叫囉！停下腳步點個東西吃吧！在日本餐廳會聽到什麼日文呢？用日文點餐該說些什麼好呢？

01 🔊 Track 065
何名様ですか。
なんめいさま
▶請問有幾位呢？

02 🔊 Track 066
喫煙席ですか。
きつえんせき
▶要吸菸的位子嗎？

03 🔊 Track 067
禁煙席をお願いします。
きんえんせき　　ねが
▶我要不吸菸的位子。

04 🔊 Track 068
静かな席をお願いします。
しず　　せき　ねが
▶請給我安靜的位子。

05 🔊 Track 069
ここに座ってもいいですか。
すわ
▶我可以坐這裡嗎？

06 🔊 Track 070
この席は空いていますか。
せき　　あ
▶這個位子有人坐嗎？

07 🔊 Track 071
申し訳ございませんが、ただ今満席です。
もう　わけ　　　　　　　　　　　いままんせき
▶實在很抱歉，現在客滿了。

08 🔊 Track 072
どれくらい待ちますか。
ま
▶要等多久呢？

09 🔊 Track 073

メニューをください。

▶請給我菜單。

10 🔊 Track 074

<ruby>中国語<rt>ちゅうごくご</rt></ruby>メニューはあります
か。

▶有中文菜單嗎？

11 🔊 Track 075

<ruby>今日<rt>きょう</rt></ruby>の<ruby>日替<rt>ひが</rt></ruby>わりメニューは<ruby>何<rt>なん</rt></ruby>
ですか。

▶今天的特餐是什麼呢？

12 🔊 Track 076

このセットの<ruby>飲<rt>の</rt></ruby>み<ruby>物<rt>もの</rt></ruby>をセット
<ruby>以外<rt>いがい</rt></ruby>のものに<ruby>変<rt>か</rt></ruby>えられます
か。

▶這個套餐的飲料，可以換
成其它的飲料嗎？

13 🔊 Track 077

できますが、あと<ruby>６０円<rt>ろくじゅうえん</rt></ruby>がか
かりますよ。

▶可以，不過要加日幣60
元。

14 🔊 Track 078

このセットなら、<ruby>100円<rt>ひゃくえん</rt></ruby>で<ruby>飲<rt>の</rt></ruby>
み<ruby>物<rt>もの</rt></ruby>を<ruby>変更<rt>へんこう</rt></ruby>できます。

▶如果是這個套餐的話，加
日幣100元就可以換成其它
的飲料。

15 🔊 Track 079

あの<ruby>女性<rt>じょせい</rt></ruby>が<ruby>食<rt>た</rt></ruby>べているものと<ruby>同<rt>おな</rt></ruby>
じものをください。

▶我要點那個女生正在吃的
東西。

16 🔊 Track 080

これはどんな<ruby>料理<rt>りょうり</rt></ruby>ですか。

▶這是怎樣的料理呢？

17 🔊 Track 081

牛肉（ぎゅうにく）が入（はい）っていますか。

▶裡面有加牛肉嗎？

18 🔊 Track 082

これは辛（から）いですか。

▶這個會辣嗎？

19 🔊 Track 083

辛（から）くないようにしてください。

▶請幫我做成不辣的。

20 🔊 Track 084

量（りょう）が多（おお）いですか。

▶份量會很多嗎？

21 🔊 Track 085

お勧（すす）めの料理（りょうり）はありますか。

▶有推薦的料理嗎？

22 🔊 Track 086

お茶漬（ちゃづ）けをください。

▶我要茶泡飯。

23 🔊 Track 087

ランキング一位（いちい）の料理（りょうり）は何（なん）ですか。

▶排行第一的料理是什麼呢？

24 🔊 Track 088

さっぱりした料理（りょうり）が食（た）べたいです。

▶我想吃口味清爽的料理。

25 🔊 Track 089

このクーポンはまだ使（つか）えますか。

▶這張折價券還能使用嗎？

26 🔊 Track 090

ご飯（はん）は無料（むりょう）でおかわりできますか。

▶飯可以免費續嗎？

27 Track 091

ご注文がお決まりになりましたら、お呼びください。

▶等您決定好要點餐時，請叫我一聲。

28 Track 092

私はこれにします。

▶我要點這個。

29 Track 093

葱抜きできますか。

▶可以去蔥嗎？

30 Track 094

おまけは付いていますか。

▶有附贈品嗎？

31 Track 095

ホットコーヒーをください。

▶請給我熱咖啡。

32 Track 096

フライドポテトは塩抜きでお願いします。

▶麻煩幫我薯條去鹽。

33 Track 097

ちょっと甘いですね。

▶有點甜耶！

34 Track 098

砂糖の量は調整できますか。

▶糖的分量可以調整嗎？

35 Track 099

タピオカミルクティーは砂糖少なめでお願いします。

▶麻煩幫我做少糖的珍珠奶茶。

36 Track 100

飲み物は紅茶を氷なしでお願いします。

▶飲料請給我紅茶去冰。

37 🔊 Track 101

砂糖は入れますか。

▶要加糖嗎？

38 🔊 Track 102

砂糖は入れないでください。

▶請不要加糖。

39 🔊 Track 103

こちらでお召し上がりですか? お持ち帰りですか。

▶請問您要內用還是外帶呢？

40 🔊 Track 104

ここで食べます。

▶我要在這裡用餐。

41 🔊 Track 105

持ち帰ります。

▶那我要外帶。

42 🔊 Track 106

他に何かご注文ありますか。

▶還要點其它的嗎？

43 🔊 Track 107

注文は以上でよろしいですか。

▶點餐這樣就夠了嗎？

44 🔊 Track 108

後で追加します。

▶我等一下再加點。

45 🔊 Track 109

注文を変えてもいいですか。

▶我可以改點別的嗎？

46 🔊 Track 110

スープの注文を取り消してもいいですか。

▶可以取消我剛剛點的湯嗎？

47 🔊 Track 111

スプーンをもう一<ruby>一<rt>ひと</rt></ruby>ついただけますか。

▶可以再跟你要一個湯匙嗎？

48 🔊 Track 112

このフォークは<ruby>少<rt>すこ</rt></ruby>し<ruby>汚<rt>よご</rt></ruby>れているようです。

▶這支叉子好像有點髒髒的。

49 🔊 Track 113

ナイフを<ruby>落<rt>お</rt></ruby>としてしまいました。

▶不小心弄掉了刀子。

50 🔊 Track 114

すみません、<ruby>追加<rt>ついか</rt></ruby><ruby>お願<rt>ねが</rt></ruby>いします。

▶不好意思，我要加點。

51 🔊 Track 115

これを<ruby>二<rt>ふた</rt></ruby>つ<ruby>お願<rt>ねが</rt></ruby>いします。

▶請給我兩份這個。

52 🔊 Track 116

<ruby>定食<rt>ていしょく</rt></ruby>はありますか。

▶有定食嗎？

53 🔊 Track 117

これは<ruby>注文<rt>ちゅうもん</rt></ruby>していません。

▶我沒有點這個。

54 🔊 Track 118

<ruby>暖<rt>あたた</rt></ruby>かい<ruby>飲<rt>の</rt></ruby>み<ruby>物<rt>もの</rt></ruby>は<ruby>何<rt>なに</rt></ruby>がありますか。

▶熱的飲料有什麼呢？

55 🔊 Track 119

ティッシュがありますか。

▶有紙巾嗎？

56 🔊 Track 120

<ruby>残<rt>のこ</rt></ruby>りを<ruby>持<rt>も</rt></ruby>ち<ruby>帰<rt>かえ</rt></ruby>りにできますか。

▶我可以打包沒吃完的餐點嗎？

トイレはどこですか。

▶洗手間在哪裡？

別々にお願いします。
べつべつ　　ねが

▶請幫我分開結帳。

クレジットカードは使えますか。

▶可以用信用卡嗎？

🔊 **Track 124**

吃拉麵必學單字

湯頭口味

- **醤油**[0]　醬油
  しょうゆ
- **味噌**[1]　味噌
  み　そ
- **こってり**[3]　濃郁
- **豚骨**[0]　豬骨
  とんこつ
- **あっさり**[3]　清淡

拉麵粗細軟硬

- **細めん**[0]　細麵
  ほそ
- **ばりかた**[0]　超硬
- **普通**[0]　軟硬適中
  ふつう
- **太めん**[0]　粗麵
  ふと
- **かため**[0]　偏硬
- **やわめ**[0]　偏軟

加一味少一味

- **替え玉**[0]　加麵
  か　だま
- **半熟卵**[5]　溏心蛋
  はんじゅくたまご
- **ネギ抜き**[0]　不加蔥
  ぬ
- **にんにく**[0]　蒜

PS：一般而言，日本的拉麵口味偏重，且麵本身偏硬，所以建
　　議大家可以選偏軟（やわめ）+清淡湯頭（あっさり），
　　這樣吃起來比較適合臺灣人的口味哦！

Unit 5

吃飽喝足shopping去

　　到了國外，看到什麼都想買呢！不過，有時候想問店員一些事情，比如說價錢、顏色、尺寸等等，該怎麼辦呢？參考下面的會話，輕輕鬆鬆就能用日文買到想買的東西囉！另外，在日本書店買書，幾乎都可以有免費包書套的服務哦！書本包上書套之後，在電車上看書時，別人就不知道你看的是什麼書啦！

01 🔊 Track 125

何を探していますか。

▶您在找什麼嗎？

02 🔊 Track 126

見ているだけです。

▶我只是看看。

03 🔊 Track 127

ブーツを見たいです。

▶我想看一下靴子。

04 🔊 Track 128

ちょっと見てもいいですか。

▶我可以看一下嗎？

05 🔊 Track 129

これと同じものはありますか。

▶有和這個一樣的東西嗎？

06 🔊 Track 130

これはちょっと違います。

▶這不是我要找的。

07 🔊 Track 131

これよりも大（おお）きいサイズはありますか。

▶有比這個再大一點的尺寸嗎？

08 🔊 Track 132

これよりも小（ちい）さいサイズはありますか。

▶有比這個再小一點的尺寸嗎？

09 🔊 Track 133

冬（ふゆ）に着（き）るコートを見（み）たいです。

▶我想看一下冬天穿的大衣。

10 🔊 Track 134

そのかばんを見（み）せてください。

▶可以讓我看一下那個包包嗎？

11 🔊 Track 135

これはどこのかばんですか。

▶這個是哪裡製的包包呢？

12 🔊 Track 136

これは日本製（にほんせい）ですか。

▶這是日本製的嗎？

13 🔊 Track 137

それは中国製（ちゅうごくせい）ですか。

▶那是中國製的嗎？

14 🔊 Track 138

これは何（なに）でできていますか。

▶這是什麼材質的呢？

15 🔊 Track 139

この靴（くつ）はほかの色（いろ）もありますか。

▶這雙鞋子也有其他顏色嗎？

16 🔊 Track 140

同<small>おな</small>じもので違<small>ちが</small>う色<small>いろ</small>がありませんか。

▶有和這個同樣款式，但不同的顏色的嗎？

17 🔊 Track 141

新<small>あたら</small>しく出<small>で</small>た色<small>いろ</small>はありますか。

▶有新出的顏色嗎？

18 🔊 Track 142

これはいかがですか。

▶這個如何呢？

19 🔊 Track 143

Ｍサイズはありますか。

▶有M號的嗎？

20 🔊 Track 144

Ｓ<small>エス</small>サイズしかないですか。

▶只剩下S號的嗎？

21 🔊 Track 145

もっと小<small>ちい</small>さいのはありますか。

▶有更小的嗎？

22 🔊 Track 146

もう少<small>すこ</small>し大<small>おお</small>きいのはありますか。

▶有稍微大一點的嗎？

23 🔊 Track 147

これ、試着<small>しちゃく</small>してもいいですか。

▶這件可以試穿看看嗎？

24 🔊 Track 148

試着室<small>しちゃくしつ</small>はあそこにあります。

▶試衣間在那邊。

25 🔊 Track 149

ちょっときついですね。

▶有點緊耶！

26 🔊 Track 150

ピッタリです。

▶大小剛剛好。

27 🔊 Track 151

似合いますか。

▶適合我嗎？

28 🔊 Track 152

ほかに何か必要ですか。

▶還需要些什麼嗎？

29 🔊 Track 153

これは使いやすいですか。

▶這個好用嗎？

30 🔊 Track 154

値段はどのくらいですか。

▶價格大概多少呢？

31 🔊 Track 155

ちょっと高いですね。

▶有點貴耶！

32 🔊 Track 156

もう少し安くなりますか。

▶可以再便宜一點嗎？

33 🔊 Track 157

まけてくれませんか。

▶可以幫我打折嗎？

34 🔊 Track 158

免税になりますか。

▶這個可以免税嗎？

35 Track 159

何^{なに}かキャンペーンとかあります
か。

▶有什麼優惠活動嗎？

36 Track 160

二^{ふた}つ買^かうともっと安^{やす}くなりま
す。

▶買兩個的話，會更便宜。

37 Track 161

割引^{わりびき}がありますか。

▶有打折嗎？

38 Track 162

今^{いま}は五割引^{ごわりびき}です。

▶現在打對折。

39 Track 163

それは一割引^{いちわりびき}ですよ。

▶那個現在九折哦！

40 Track 164

２０^{にじゅうパーセント}％ OF^オFです。

▶打八折。

41 Track 165

考^{かんが}えさせてください。

▶請讓我考慮一下。

42 Track 166

やっぱり、やめます。

▶我還是不買了。

43 Track 167

ほかの柄^{がら}を見^みせてください。

▶請讓我看看其它的樣式。

44 Track 168

水色^{みずいろ}のものはありますか。

▶有水藍色的嗎？

45 🔊 Track 169

これは日本語で何と言いますか。

▶這個日文叫作什麼呢？

46 🔊 Track 170

レシートは要りますか。

▶需要發票嗎？

47 🔊 Track 171

カバーは要りますか。

▶需要包書套嗎？

48 🔊 Track 172

袋は要りますか。

▶需要袋子嗎？

49 🔊 Track 173

はい、お願いします。

▶要的，麻煩你了。

50 🔊 Track 174

ご自宅用ですか。贈り物ですか。

▶請問是要自己用的？還是送禮的呢？

51 🔊 Track 175

贈り物です。ラッピングしてください。

▶送禮用。請幫我包裝。

52 🔊 Track 176

クレジットカードは使えますか。

▶可以使用信用卡付款嗎？

53 🔊 Track 177

すみません、現金で払ってください。

▶不好意思，請用現金付款。

54 🔈 Track 178

袋を別々にして入れてください。
<small>ふくろ</small> <small>べつべつ</small> <small>い</small>

▶請幫我把東西分開裝。

55 🔈 Track 179

プレゼント用に包んでもらえますか。
<small>よう</small> <small>つつ</small>

▶可以幫我包裝成禮物嗎？

56 🔈 Track 180

ホテルまで配達してもらえますか。
<small>はいたつ</small>

▶可以幫我宅配到飯店嗎？

57 🔈 Track 181

コインロッカーはどこにありますか。

▶寄物櫃在哪裡呢？

58 🔈 Track 182

返品をしたいのですが。
<small>へんぴん</small>

▶我想退貨。

59 🔈 Track 183

いかがですか。

▶您覺得如何呢？

60 🔈 Track 184

違うデザインはありますか。
<small>ちが</small>

▶有其它不同的款式嗎？

61 🔈 Track 185

在庫がありますか。
<small>ざいこ</small>

▶還有存貨嗎？

62 🔈 Track 186

すみません、もう売り切れです。
<small>う き</small>

▶不好意思，已經賣完了！

63 ◀ Track 187

取り寄せはできますか。
と　　　　よ

▶可以訂貨嗎？

64 ◀ Track 188

何時までやっていますか。
なん　じ

▶你們營業到幾點呢？

購物小知識

　　一般去日本玩的時候，大家一定都會拼命大買特買吧？但是在買東西之前，有幾件事情要注意哦！

　　首先是標價的部分，日本常常會把消費稅另外計算，現在的消費稅是10%，所以在看標價時，一定要注意看價錢的旁邊是標示「稅別」或「稅込」！所謂的「稅別」就是不包含稅金在內的意思，所以付錢時還要加上10%的稅金；而「稅込」則是全部包含在內的總價！尤其是超市裡的標價常常寫得很小，所以一定要特別留意哦！

　　現在只要消費滿5000日幣就能退稅，但要小心這是還沒加上稅金的價格，所以如果你買的東西是標示含稅的價格的話，你要買到5500日幣才能退稅喔！還有一點要注意的是東西的種類，消耗品跟非消耗品要分開計算，各別到達退稅金額才行喔！

藥妝採購不求人單字

常見熱門商品名稱

- 日焼け止め ⓪　防曬
- ＢＢクリーム ⑥　BB霜
- クッションファンデーション ⑦　氣墊粉餅
- マスカラ ⓪　睫毛膏
- アイシャドウ ③　眼影
- アイライナー ③　眼線
- アイブロウペンシル ⑥　眉筆
- コットン ①　化妝棉
- クレンジングオイル ⑦　卸妝油
- 洗顔フォーム ⑤　洗面乳
- 化粧水 ②　化妝水
- 美容液 ②　精華液
- アイクリーム ④　眼霜
- リップクリーム ⑤　護唇膏
- シートマスク ④　面膜
- ハンドクリーム ⑤　護手霜

常見成分及功效

- コラーゲン ②　膠原蛋白
- ヒアルロン酸 ⓪　玻尿酸
- ウォータープルーフ ⑦　防水
- うるおい ⓪　滋潤
- もっちり ③　彈嫩
- 美白 ⓪　美白
- ホワイト ②　亮白

退稅不可少的單字

- パスポート ③　護照
- 税込み ⓪　含稅
- 税抜き ⓪　未稅
- 免税 ⓪　免稅
- 対象外 ③　除外品

Unit 6

你也要文青一下嗎？

　　瘋狂購物完，來文藝一下，去參觀美術館囉！要確認好閉館時間和休館日，以免參觀得很匆忙，或是白跑一趟！

01 ◀ Track 190

予約しないとチケットが取れないんですか。

▶不預約的話，就買不到票嗎？

02 ◀ Track 191

チケットはどこで買えますか。

▶票要在哪裡買呢？

03 ◀ Track 192

そちらは何時から何時までですか。

▶你們那邊是幾點開始、幾點結束呢？

04 ◀ Track 193

休みの日は何曜日ですか。

▶休館日是星期幾呢？

05 ◀ Track 194

学割がありますか。

▶有學生優惠嗎？

06 ◀ Track 195

今どんな展示をやっていますか。

▶現在有什麼展呢？

07 ◀ Track 196

すぐ入れますので、少々お待ちください。

▶馬上就能入館了，請稍候。

08 ◀ Track 197

中国語のイヤホン・ガイドはありますか。

▶有中文的語音導覽嗎？

09 ◀ Track 198

ここは撮影禁止です。

▶這裡禁止拍照。

10 ◀ Track 199

ここはフラッシュ禁止です。

▶這裡禁用閃光燈。

11 ◀ Track 200

ここは飲食禁止です。

▶這裡禁止飲食。

12 ◀ Track 201

この展示はいつまでですか。

▶這個展覽是展到何時呢？

13 ◀ Track 202

この展示に関するグッズがありますか。

▶有關於這個展的周邊商品嗎？

14 ◀️ Track 203

この画家の作品は販売されていますか。

▶這個畫家的作品有在販賣嗎？

15 ◀️ Track 204

すみませんが、それは非売品です。

▶不好意思，那個是非賣品。

16 ◀️ Track 205

私はその絵が好きです。

▶我喜歡那張畫。

17 ◀️ Track 206

もう終わりましたか。

▶已經結束了嗎？

18 ◀️ Track 207

もう入れませんか。

▶已經不能進去了嗎？

19 ◀️ Track 208

まだ入れますか。

▶還可以進去嗎？

20 ◀️ Track 209

だめですか。残念ですね。

▶不行嗎？真可惜啊！

Unit **7**

逛得好累，回飯店休息吧！

逛了一整天，腳好痠哦！走不動了啦！回飯店好好休息一下，明天才有體力繼續玩。在飯店裡如果有一些小狀況或是需求時，該怎麼跟服務生説呢？

01 🔊 Track 210 ちょうしょく と **朝食はどこで取るんですか。**	▶早餐在哪裡吃呢？
02 🔊 Track 211 ちょうしょく なんじ なんじ **朝食は何時から何時までですか。**	▶早餐是到幾點呢？
03 🔊 Track 212 あ **ドアが開かない。**	▶房門打不開。
04 🔊 Track 213 かぎ へや お **鍵を部屋に置いてきてしまいました。**	▶我不小心把鑰匙留在房間了。
05 🔊 Track 214 かぎ **鍵をなくしてしまいました。**	▶我把鑰匙弄不見了！
06 🔊 Track 215 つ **トイレが詰まってしまった。**	▶廁所塞住了。

07 🔊 Track 216

お湯が出ません。

▶沒有熱水。

08 🔊 Track 217

部屋を変えてください。

▶請幫我換房間。

09 🔊 Track 218

中国語のできる方はいますか。

▶有會說中文的人嗎？

10 🔊 Track 219

ドライヤーが壊れています。

▶吹風機壞了。

11 🔊 Track 220

明日朝七時にモーニングコールをお願いします。

▶明天早上七點請叫我起床。

12 🔊 Track 221

チェックアウトは何時までですか。

▶幾點以前要退房呢？

13 🔊 Track 222

国際電話のかけ方を教えてください。

▶請告訴我國際電話怎麼打。

14 🔊 Track 223

クリーニングお願いします。

▶我想送洗衣服。

15 🔊 Track 224

いつ出来上がりますか。

▶什麼時候可以洗好呢？

16 🔊 Track 225

ワイ ファイ つか
Wi-Fiは使えますか。

▶可以使用無線網路嗎？

17 🔊 Track 226

む りょう
無料ですか。

▶免費的嗎？

18 🔊 Track 227

これはただですか。

▶這是不用錢嗎？

文化差異

　　當你在使用日本的廁所時，你會發現，不管是哪裡的廁所，他們幾乎都有提供衛生紙，而且你還會發現他們廁所裡的垃圾桶非常小巧。為什麼呢？因為他們的衛生紙是可以放進馬桶溶解的，所以別忘了使用完畢要將衛生紙丟進馬桶裡沖掉喔！

　　另外，當你去餐廳用餐時，你會發現一件事，他們不管天氣多冷，都是送上一杯冰水，而且裡面還有冰塊。這是為什麼呢？對日本人來說，送上冰過的水或有放入冰塊的水，是一種對客人的「誠心款待」。因為以前製冰不易，所以把最珍貴的東西奉上給客人，而這樣的習慣便承襲到現在了！雖然我們不太習慣，但既然到了日本，也要理解這是他們對客人的一種至高表現喔！

　　最後一點，就是換零錢！臺灣到處都可以免費換零錢，但是在日本一般是不提供免費換零錢的服務喔！所以當你需要零錢時，可能需要買個小東西找開，或是趁著結帳請店員找錢時換成零錢。

Unit **8**

消除疲勞，泡溫泉囉！

日本大部分的人，在天氣冷的時候都喜歡泡溫泉。在臺灣大家應該也泡過溫泉吧，不過日本和臺灣泡溫泉的方法有點不同哦！有機會可以試試看。

01 ◀ Track 228

お履物を脱いでお上がりください。

▶請把鞋子脫了再進去。

02 ◀ Track 229

どこで着替えたらいいですか。

▶要在哪裡換衣服呢？

03 ◀ Track 230

服をその棚に置きますか。

▶衣服是放在那個架子嗎？

04 ◀ Track 231

掛け湯をしてから、温泉に入ってください。

▶請先沖水，再泡溫泉。

05 ◀ Track 232

ここは滑りやすいので、気をつけてください。

▶這裡很滑，請小心。

06 ◀ Track 233

タオルはお湯の中に入れてもいいですか。

▶可以把毛巾放到水裡嗎？

07 ◀ Track 234

いいえ、入れてはいけません。

▶不，不可以放進水裡。

08 ◀ Track 235

タオルは借りられますか。

▶可以租借毛巾嗎？

和服和浴衣傻傻分不清

大家在日本旅遊的時候，或是看日劇的時候，一定會常常看到日本人穿著和服或浴衣吧！那到底怎麼分辨呢？其實和服跟浴衣是不一樣的東西喔！

和服是在正式場合會穿的衣服，例如婚禮、成人禮，或畢業典禮等等場合，和服價錢上也比較昂貴，有時候還會成為傳家之寶喔！

那浴衣是什麼時候穿的呢？很多人看字面上都以為是跟浴袍一樣的意思，其實不是喔！浴衣是在夏日祭典時穿的衣服，它是單件的且質料較薄。日本夏日祭典常常會有大型的煙火大會可以看，所以當你去參加煙火大會時，就可以看到很多日本人穿著浴衣出現囉！

最後，不管你要穿浴衣或和服，有非常重要的一點一定不能搞錯，就是領口的部分！領口部分不是會交叉嗎？交叉時一定要記得是左上右下！你可以請朋友幫你看看，領口是否呈現「y」字型？如果相反的話，會變成壽衣喔！絕對要小心啊！

Unit 9

求救萬用句

　　出外旅行總會碰到需要人幫忙的時候。這種時候該說什麼呢？如果迷路，又該怎麼辦呢？這時候有了日文萬用句，就算碰到緊急狀況，也不用擔心因為一時情急而詞窮了！放心，就照著這些句子說吧！

01 ◀Track 236
ホテルへ行く途中で、今、道に迷っています。

▶我正在去飯店的路上。迷路了！

02 ◀Track 237
もう一度言ってください。

▶請再說一次。

03 ◀Track 238
わかりません。

▶我不懂。

04 ◀Track 239
日本語は少しだけ話せます。

▶我只會說一點點日文。

05 ◀Track 240
日本語が全然できません。

▶我完全不會日文。

06 ◀Track 241
もっとゆっくり言ってください。

▶請再說慢一點。

07 🔊 Track 242

私の言っていることがわかりますか。
<small>わたし</small> <small>い</small>

▶你聽得懂我説的嗎？

08 🔊 Track 243

今言ったことを書いてもらえますか。
<small>いま</small> <small>か</small>

▶你剛剛説的內容，可以幫我寫下來嗎？

09 🔊 Track 244

ここから遠いですか。
<small>とお</small>

▶離這裡遠嗎？

10 🔊 Track 245

ここから近いですか。
<small>ちか</small>

▶離這裡近嗎？

11 🔊 Track 246

どれくらいかかりますか。

▶要花多少時間呢？

12 🔊 Track 247

ひどいです。

▶太過分了。

13 🔊 Track 248

やめてください。

▶請不要這樣做。

14 🔊 Track 249

わかりました。ありがとうございました。

▶我知道了！非常謝謝你。

15 🔊 Track 250

助かりました。
<small>たす</small>

▶你幫了我大忙！

16 🔊 Track 251

財布を盗まれたようです。
<small>さい ふ</small> <small>ぬす</small>

▶錢包好像被偷了。

17 🔊 Track 252

財布を落としました。
さいふ　お

▶我把錢包弄丟了。

18 🔊 Track 253

ここに財布がありませんでしたか。
さいふ

▶你有沒有看到這裡有一個錢包？

19 🔊 Track 254

パスポートがなくなりました。

▶護照不見了！

20 🔊 Track 255

どうしたらいいですか。

▶該怎麼辦才好？

21 🔊 Track 256

助けてください。
たす

▶請幫幫我。

22 🔊 Track 257

飛行機に乗り遅れました。
ひこうき　の　おく

▶我沒趕上飛機。

23 🔊 Track 258

次の飛行機に変えてください。
つぎ　ひこうき　か

▶請幫我把飛機改成下一班。

24 🔊 Track 259

病院に連れて行ってください。
びょういん　つ　い

▶請帶我去醫院。

25 🔊 Track 260

救急車を呼んでください。
きゅうきゅうしゃ　よ

▶請幫我叫救護車。

Unit 10

藥房、醫院

出門在外，如果不小心需要去醫院，或是去藥房買藥時，要是沒說清楚，吃錯藥的話就太危險了！快來看看一些在醫院、藥房的好用句子怎麼說。

01 🔊 Track 261
ちょっと風邪気味です。
▶我有點快感冒了。

02 🔊 Track 262
これと同じ薬をください。
▶請給我和這個一樣的藥。

03 🔊 Track 263
風邪薬をください。
▶請給我感冒藥。

04 🔊 Track 264
どのように飲めばいいですか。
▶要怎麼吃呢？

05 🔊 Track 265
薬アレルギーがあります。
▶我有藥物過敏。

06 🔊 Track 266
咳が出ます。
▶有咳嗽。

07 🔊 Track 267
歯が痛いです。
▶牙齒痛。

08 🔊 Track 268
歯がズキズキ痛みます。
▶牙齒抽痛。

09 🔊 Track 269

くるま よ
車酔いでふらふらします。

▶暈車了，頭昏腦脹。

10 🔊 Track 270

ねつ
熱があります。

▶有發燒。

11 🔊 Track 271

い ちょうし わる
胃の調子が悪いです。

▶胃有點不舒服。

12 🔊 Track 272

こし いた
腰が痛いです。

▶腰痛。

13 🔊 Track 273

かた こ
肩が凝っています。

▶肩膀有點僵硬。

14 🔊 Track 274

あし ひね
足を捻りました。

▶腳扭到了。

15 🔊 Track 275

ひざ す
膝を擦りむいた。

▶膝蓋擦傷了。

16 🔊 Track 276

げ り いっかい
下痢を一回しました。

▶拉了一次肚子。

17 🔊 Track 277

は け
吐き気がします。

▶我想吐。

18 🔊 Track 278

め かゆ
目が痒いです。

▶眼睛癢癢的。

19 🔊 Track 279

こうないえん くすり
口内炎の薬がありますか。

▶有治嘴破的藥嗎？

Unit 11

回國前，別忘了 check out！

記得要問清楚check out的時間，以免不小心要多加一天的住宿費哦！check out的時候有哪些可能會用到的會話句子呢？

01 🔊 Track 280 荷物を預かってもらえますか。	▶可以寄放行李嗎？
02 🔊 Track 281 荷物は二つです。	▶行李有二件。
03 🔊 Track 282 チェックアウトお願いします。	▶我要退房。
04 🔊 Track 283 急いでください。	▶我趕時間。
05 🔊 Track 284 これは何の料金ですか。	▶這是什麼費用呢？
06 🔊 Track 285 カードで支払いできますか。	▶可以用信用卡付款嗎？
07 🔊 Track 286 すみません、現金でお願いします。	▶不好意思，請用現金付款。

08 🔊 Track 287

部屋に忘れ物をしました。

▶我把東西忘在房間了。

09 🔊 Track 288

預けた荷物を受け取りに来ました。

▶我來領取寄放的行李。

10 🔊 Track 289

空港行きのバスはどこで乗るんですか。

▶往機場的巴士在哪裡搭呢？

11 🔊 Track 290

タクシーを呼んでください。

▶請幫我叫計程車。

日本的免費Wi-Fi到處都有

　　有時候出國來不及租pocket Wi-Fi或sim card嗎？其實現在日本到處都能免費使用Wi-Fi喔！尤其在東京有超多地方有Wi-Fi，讓我來為大家好好介紹一下吧！首先是便利商店的部分，這個是最好用的！因為它又是24小時，又是成本可以最省的！Lawson（ローソン）是我最推薦的！它有些分店還有貼心的座位區可供休息，而且這裡的甜點很好吃喔！除了Lawson之外，7-11也開始提供免費Wi-Fi了。這兩個地方都不需要申請帳號就可以使用囉！

　　再來你還可以去星巴克跟麥當勞，不過它們都需要先在官網註冊帳號才能使用喔！另外一些比較熱鬧的街道上及各大百貨公司也幾乎都有提供免費Wi-Fi喔！是不是很方便呢？

Unit 12

回國前，寄張明信片吧！

大家去各地旅行時，有沒有寄明信片或信件、包裹的習慣呢？明信片可以在書店或郵局買到，有時候還會發現一些日本特別限定的明信片哦！另外，你也可以把自己拍的照片拿到便利商店，請店員幫忙印成明信片，獨一無二又有誠意。我每次出國都會寫明信片給自己跟朋友，如此一來，除了可以和朋友分享當時的心情，也可以記錄自己的足跡哦！

01 Track 291
すみません、これを台湾へ送りたいんですけど。
▶不好意思，我想把這個寄到臺灣。

02 Track 292
ポストはどこにありますか。
▶郵筒在哪裡呢？

03 Track 293
一番安い方法は何ですか。
▶最便宜的方法是什麼呢？

04 Track 294
封筒がありますか。
▶有信封嗎？

05 Track 295
ここで切手を売っていますか。
▶這裡有賣郵票嗎？

06 Track 296
記念切手をください。
▶請給我紀念郵票。

07 🔈 Track 297

そくたつ
速達はいくらですか。

▶寄限時要多少錢呢？

08 🔈 Track 298

たいわん   そくたつ   ねが
これを台湾まで速達でお願い
します。

▶請幫我寄限時到臺灣。

09 🔈 Track 299

どのぐらいかかりますか。

▶需要花多少時間呢？

10 🔈 Track 300

かきとめ   ねが
書留でお願いします。

▶請幫我寄掛號。

11 🔈 Track 301

はがきがありますか。

▶請問有明信片嗎？

12 🔈 Track 302

きって   か
切手を買いたいんですけど。

▶我想買郵票。

日本人的飲食差異

　　臺灣人在吃飯時，通常會需要兩種餐具吧？也就是筷子和
湯匙。但是，日本人其實不太使用湯匙吃飯，就連喝湯時也是
如此。尤其在喝味噌湯時，他們只是一邊喝，一邊用筷子把湯
裡的料從碗裡往嘴巴方向撥而已！所以當你到日本去吃飯時，
常常必須額外跟店員要湯匙，因為店員一般不會主動給你的！
所以你可以學一下這句實用日文：スプーンをください（請給
我湯匙）這樣到日本時就能派上用場了！

Unit 13

依依不捨結束旅程囉！

　　出國玩，大家往往都不會嫌累呢！一定要玩到最後一刻，才會甘心結束旅程回家吧！讓我們來學學回程時在機場或飛機上常用的一些日語句子吧！

01 ◀ Track 303

台湾航空のカウンターはどこですか。

▶臺灣航空的櫃台在哪裡？

02 ◀ Track 304

明日の便に変更したいのです。

▶我想換成明天的班機。

03 ◀ Track 305

いつの便なら取れますか。

▶可以訂到何時的班機呢？

04 ◀ Track 306

チケットとパスポートをお願いします。

▶請給我您的機票和護照。

05 ◀ Track 307

荷物はいくつお預けになりますか。

▶您有幾件行李要託運呢？

06 ◀ Track 308

その荷物は機内に持ち込めません。

▶那個行李不能帶上飛機。

07 Track 309

窓側の席に座りたいです。

▶我想坐靠窗的位子。

08 Track 310

通路側の席に座りたいです。

▶我想坐靠走道的位子。

09 Track 311

私の席はどこですか。

▶我的位子在哪呢？

10 Track 312

ここは私の席です。

▶這裡是我的位子。

11 Track 313

トイレはどこですか。

▶廁所在哪裡？

12 Track 314

毛布をください。

▶請給我毛毯。

13 Track 315

ヘッドホンの調子が悪いです。

▶我的耳機壞了。

14 Track 316

少々お待ちください。

▶請稍候。

15 Track 317

トランプがありますか。

▶有撲克牌嗎？

16 ◀Track **318**

お食事は鶏肉、牛肉、魚の
どれがよろしいですか。

▶餐點有雞肉、牛肉跟魚
肉，您要哪一種呢？

17 ◀Track **319**

お飲み物はいかがですか。

▶您要喝點什麼飲料呢？

18 ◀Track **320**

シートベルトをお締めくだ
さい。

▶請繫好安全帶。

日本的聖誕節非常聖誕節

　　日本其實並沒有非常多的基督徒，但是他們對於聖誕節非常地重視，萬聖節一結束，街道和商店就開始換上聖誕的裝飾及相關商品，讓寒冷的冬季充滿溫暖的感覺！聖誕節不只是情人之間的節日，也是家人相聚在一起的節日喔！很特別的是，他們會去肯德基買炸雞套餐，所以肯德基也會推出聖誕套餐讓大家做選擇。每到了聖誕節，肯德基的各分店就會出現超多的排隊人潮！

　　除了肯德基之外，日本人還會買聖誕蛋糕！許多有名的蛋糕店，到了這一天絕對是大排長龍的，因此很多日本人甚至會提早預約聖誕蛋糕！由此便可以看出日本人對聖誕節的重視程度。另外跟大家分享一個有趣的小知識，一般我們認為的聖誕老人，或者我們也說聖誕老公公，在日本的聖誕歌詞裡，居然是聖誕叔叔（サンタのおじさん）！我在日本留學時，曾經問過我的同學為什麼不是聖誕老公公？他居然回答我：「如果是聖誕老人的話，可能無法爬上煙囪送禮物吧！」哈哈哈～原來還有這種說法啊！實在太可愛了吧！

Unit 14

學學日本人這樣說！

日本人在和人聊天時，常會對於對方的說話內容，用較為簡短的句子或單字來表達自己的感覺哦！既簡單又好記！你也來試試什麼叫作「日式反應」吧！

---

01 🔊 Track 321
なるほど。

▶原來如此。（得到事情的解答時）

---

02 🔊 Track 322
もちろん。

▶當然！（表示絕對的答案時）

---

03 🔊 Track 323
本当に？
（ほんとう）

▶真的嗎？（表示確認時）

---

04 🔊 Track 324
すごい！

▶太厲害了！（佩服對方時）

---

05 🔊 Track 325
ラッキー！

▶太幸運了！（碰到好事發生時）

---

06 🔊 Track 326
ウッソー！

▶我才不信！（表示對某事驚訝）

---

07 🔊 Track 327
信じられない！
（しん）

▶我真不敢相信！（發生讓人不可置信的事，通常是不好的事）

08 🔊 Track 328

最悪〜！
<small>さいあく</small>

▶太慘了！（用在感到非常倒楣，或遭遇到很慘的事時）

09 🔊 Track 329

よかった！

▶太好了！（用在對方或自己有好事發生，或事情順利解決時）

10 🔊 Track 330

それは素晴らしい！
<small>す ば</small>

▶那真是太棒了！（讚美對方的好事時）

11 🔊 Track 331

おめでとう。

▶恭喜！（對方有好事發生時）

12 🔊 Track 332

うまい！

▶太好吃了！（用於吃到很美味的食物時。另外喝到好喝的湯或飲料時也可以用哦！）

13 🔊 Track 333

そうか。

▶是哦！（聽到某事，表示接受或得知消息）

14 🔊 Track 334

え〜っ！？

▶是嗎！？（聽到令自己驚訝的事情時）

15 🔊 Track 335

がっかりした。

▶好失望哦！（感到失望或喪氣時）

16 🔊 Track 336

頑張れ！
<small>がん ば</small>

▶加油吧！（幫對方加油打氣時）

17 🔊 Track 337

ええと…

▶嗯……（思考事情時）

18 🔊 Track 338

ちょっとすみません。

▶不好意思。（借過時、要跟陌生人搭話時）

19 🔊 Track 339

そうですね。

▶關於這個嘛……（思考事情時）

20 🔊 Track 340

お願（ねが）いします。

▶麻煩你了。（別人問你需不需要某物品或某項服務，如果你需要就可以這樣說）

21 🔊 Track 341

大丈夫（だいじょうぶ）？

▶你還好嗎？（常用在關心別人時）

22 🔊 Track 342

危（あぶ）ない！

▶危險！（用在危急狀況時）

23 🔊 Track 343

気（き）をつけて！

▶請小心點！（提醒對方要注意、小心時）

24 🔊 Track 344

お大事（だいじ）に。

▶請保重。（用於對方生病時）

25 🔊 Track 345

結構（けっこう）です。

▶不用了。（用於別人問你，需不需要某物品或某項服務，若你不需要時）

26 🔊 Track 346

ごちそうさまでした。

▶我吃飽了。（用於吃完飯時，同時也有對做料理的人表示感謝的意思，若別人請客時也可以說哦！表示「謝謝招待」的意思。）

Unit 15

日常日文每天說

　　學語言就是要從每天的生活中練習起！每天早上、晚上、遇到朋友的時候，都可以試試看講一點點日文，一點一滴累積起來，日文就會在不知不覺中進入你的生活，你的日文程度也會突飛猛進喔！

01 🔊 Track 347
おはよう。
▶早安。

02 🔊 Track 348
今日はいい天気ですね。
▶今天天氣很好耶！

03 🔊 Track 349
いってきます。
▶我出門囉！

04 🔊 Track 350
いってらっしゃい。
▶路上小心哦！

05 🔊 Track 351
バス、待って！
▶公車等等我！

06 🔊 Track 352
ああ～行っちゃった。
▶啊！車跑了！

07 🔊 Track 353
こんにちは。
▶你好（午安）。

08 Track 354
お待たせ。

▶久等了。

09 Track 355
遅くなってすみません。

▶不好意思，我晚到了。

10 Track 356
これ、あげる。

▶這個送你。

11 Track 357
わあ、ありがとう。

▶哇！謝謝。

12 Track 358
どういたしまして。

▶不客氣。

13 Track 359
フランスからのお土産。

▶這是我從法國帶回來的小禮物。

14 Track 360
一緒に昼ごはんを食べに行く？

▶要一起去吃午餐嗎？

15 Track 361
いいよ。

▶好啊！

16 Track 362
軽く食べる？

▶要不要簡單吃一下？

17 Track 363
新しい店へ行ってみない？

▶要不要去看看新開的店？

18 🔊 Track 364

いらっしゃいませ。

▶歡迎光臨。

19 🔊 Track 365

<ruby>量<rt>りょう</rt></ruby>がいっぱいだね。

▶分量很多耶！

20 🔊 Track 366

<ruby>美味<rt>お い</rt></ruby>しい。

▶好好吃哦！

21 🔊 Track 367

<ruby>私<rt>わたし</rt></ruby>は<ruby>葱<rt>ねぎ</rt></ruby>が<ruby>苦手<rt>にが て</rt></ruby>なの。

▶我不敢吃蔥。

22 🔊 Track 368

<ruby>お茶<rt>ちゃ</rt></ruby>でもしようか？

▶要不要喝個茶或什麼的？

23 🔊 Track 369

<ruby>私<rt>わたし</rt></ruby>はホットココアにする。

▶我要點熱可可。

24 🔊 Track 370

<ruby>砂糖<rt>さ とう</rt></ruby>を<ruby>取<rt>と</rt></ruby>ってくれる？

▶可以幫我拿一下糖嗎？

25 🔊 Track 371

<ruby>暖<rt>あたた</rt></ruby>かくて、<ruby>気持<rt>き も</rt></ruby>ちいいね。

▶熱呼呼的，真舒服。

26 🔊 Track 372

それ、かわいいね。

▶那個好可愛哦！

27 🔊 Track 373

いい<ruby>値段<rt>ね だん</rt></ruby>してるよ。

▶不便宜耶！

28 ◀€ Track 374

写真を撮ろうか。

▶拍個照吧！

29 ◀€ Track 375

自分撮りは難しい。

▶自拍好難哦！

30 ◀€ Track 376

変な顔してる。

▶你的表情好怪哦！

31 ◀€ Track 377

ツーショットしよう。

▶我們一起拍一張吧！

32 ◀€ Track 378

目の下のクマがひどい！

▶黑眼圈也太重了吧！

33 ◀€ Track 379

タグ付けしないでね。

▶不要把我標記在這張照片上哦！

34 ◀€ Track 380

このアプリを使ってみて。

▶你用看看這個app程式。

35 ◀€ Track 381

私もそう思います。

▶我也是這麼想。

36 ◀€ Track 382

チェックインした？

▶你打卡了嗎？

37 ◀€ Track 383

あっ、忘れた。

▶啊！忘了！

🔊 Track 384

38 雨が降ってきた。

▶下起雨來了。

🔊 Track 385

39 傘を持ってる？

▶你有帶傘嗎？

🔊 Track 386

40 かばんのチャックが開いてる
よ。

▶你包包拉鏈沒拉上哦！

🔊 Track 387

41 携帯鳴ってるよ。

▶你手機響了！

🔊 Track 388

42 もしもし。

▶喂？

🔊 Track 389

43 友達からのメールだよ！

▶是朋友傳來的簡訊。

🔊 Track 390

44 電波が弱い。一本しか立って
ない。

▶收訊很差，只有一格。

🔊 Track 391

45 ガックシ！

▶好慘！

🔊 Track 392

46 バッテリーがもうすぐ切れそ
う。

▶電池快沒電了！

56 🔊 Track 402

映画の試写会券が余ってる。

▶我有多的試映會電影票。

57 🔊 Track 403

ごめん。もう先約があるの。

▶不好意思。我已經先跟人約好了！

58 🔊 Track 404

残念だね。

▶真可惜！

59 🔊 Track 405

また今度ね。

▶下次吧！

60 🔊 Track 406

じゃあね！

▶再見！

61 🔊 Track 407

また明日。

▶明天見！

62 🔊 Track 408

久しぶり。

▶好久不見。

63 🔊 Track 409

すごい偶然だね！

▶也太巧了吧！

64 🔊 Track 410

最近はどう？

▶最近如何？

65 🔊 Track 411

元気？

▶你過得好嗎？

66 🔊 Track 412

まあまあです。

▶還OK啦！

67 🔊 Track 413

何か痩せた？

▶是不是變瘦了？

68 🔊 Track 414

実はダイエットしてるの。

▶其實我正在減肥。

69 🔊 Track 415

ねえ、知ってる？

▶對了，你知道嗎？

70 🔊 Track 416

すみません。

▶不好意思。

71 🔊 Track 417

ありがとう。

▶謝謝。

72 🔊 Track 418

どういたしまして。

▶不客氣。

73 🔊 Track 419

へえ、そうなの？

▶什麼？是這樣喔？

74 🔊 Track 420

知らなかった。

▶我現在才知道！

75 Track 421
信じられないよね。
▶很令人難以置信吧？

76 Track 422
今からどこへ行く？
▶你待會兒要去哪？

77 Track 423
手紙を出そうと思ってる。
▶我正想去寄信。

78 Track 424
授業は何時から？
▶是幾點開始上課？

79 Track 425
もうすぐじゃん。
▶那不是就快了嗎？

80 Track 426
眠い。
▶好睏喔。

81 Track 427
お疲れ様。
▶辛苦了！

82 Track 428
私も帰らなきゃ。
▶我也得回去了。

83 Track 429
ただいま。
▶我回來了。

84 Track 430
お帰り。
▶你回來啦！

85 Track 431

夕飯は何を食べる？

▶晚餐吃什麼呢？

86 Track 432

もう出来てるよ！

▶已經完成囉！

87 Track 433

いい香りがする。

▶好香哦！

88 Track 434

美味しそう。

▶看起來好好吃哦！

89 Track 435

お腹ペコペコ。

▶肚子餓扁了！

90 Track 436

手を洗ってきて。

▶去洗手吧！

91 Track 437

いただきます。

▶開動了！

92 Track 438

おかわり。

▶再一碗。

93 Track 439

冷蔵庫にジュース入ってるよ。

▶冰箱裡有果汁哦！

94 🔊 Track 440
私、コーラがいい。

▶我想要喝可樂。

95 🔊 Track 441
ご馳走様でした。

▶我吃飽了！

96 🔊 Track 442
ちょっと手伝って。

▶幫我一下。

97 🔊 Track 443
はい。

▶好。

98 🔊 Track 444
お腹がいっぱい。

▶肚子好飽哦！

99 🔊 Track 445
お風呂に入ってくる。

▶我去洗個澡。

100 🔊 Track 446
おやすみ。

▶晚安。（睡前使用）

ノート